KEITAI SHOUSETSU BUNKO SINCE 2009

至上最強の総長は私を愛しすぎている。①

~DARK NIGHT~

ゆいっと

スターツ出版株式会社

イラスト／奈院ゆりえ

「黙って俺に守られとけ」

　その世界の頂点に君臨する至上最強の男
　【灰雅】総長　―本郷 凌牙―

「信じられるものがないなら、俺が信じさせてやる」

　彼の唇があたしに触れたとき
　世界が変わった気がした

　この世界は
　あたしにどんな色を見せてくれるのだろう

至上最強の総長は私を愛しすぎている。―DARK NIGHT―①
人物相関図

最強暴走族『灰雅』

俺の女になれ

本郷 凌牙(ほんごう りょうが)
最強暴走族『灰雅(はいが)』の総長で、雀谷高校(すずめだにこうこう)に通う高校2年生。クールで無愛想だが優月に一途。

本郷 和希(ほんごう かずき)
凌牙の弟で中学2年生。大人ぶっているがあどけない一面も。兄の凌牙を崇拝している。

長身イケメンの『灰雅』幹部で、凌牙の同級生。明るくてオシャレ。

加藤 旬(かとう しゅん)

児童養護施設『双葉園』

バカに
しないで…！

森嶋 優月 (もりしま ゆうき)

児童養護施設『双葉園』で孤独な日々を過ごしている。楓女学園に通う、少し強がりな高校2年生。

桐谷 奈央 (きりたに なお)

優月と同じ双葉園で育ち、雀谷高校に通う女子の番長。仲の良かった優月をイジメている。

通称『テル』と呼ばれる、凌牙の側近。雀谷高校の3年生だが、大人のように知的な雰囲気。

流川 輝之 (るかわ てるゆき)

赤髪がトレードマークの『灰雅』幹部。やんちゃで明るい、凌牙の同級生。

服部 大翔 (はっとり ひろと)

contents

プロローグ　9

第1章

日常　12

金髪(きんぱつ)の男　20

第2章

最強暴走族『灰雅』　52

差し伸べられた手　69

居場所　84

総長君臨　101

第3章

家族写真　114

素性　126

俺の女になれ　152

第4章

措置(そち) _____ 170

灰雅本部 _____ 189

黒髪 _____ 218

総長の彼女 _____ 228

第5章

思わぬ再会 _____ 248

拉致 _____ 263

信じられるキス _____ 282

プロローグ

ただ、自由になりたかった。大きな翼が欲しかった。
　逃げたくても逃げられない世界で、じっと耐えるだけのあたし。

　――森嶋優月――

　圧倒的強さと神々しいオーラを纏い、見るものすべてを魅了する。
　その世界の頂点に君臨し、誰もが慕い、誰もが憧れる男。

　――本郷凌牙――

　そんな彼も、必死にもがいていた。
　本当の自由は、決して手に入らないと知っていながら。
　――灰色の翼で……。

第1章

日常

「てめえ、ふざけんなよ！」
　罵声とともに女達が部屋に乱入してきた。
「あたしの財布から金盗っただろ！」
　蒸し暑い真夏の夜。
　開け放した窓は、次々と閉められていく。
「無視してんじゃねえよっ！」
　背中の真ん中まで伸びたあたしの髪を鷲掴みにするのは、タメの奈央。
　——ブチッ……。
　髪の毛が切れる音がした。
「札が1枚足りねぇんだよ！　てめえだろ！」

　ここはあたしの家——双葉園。
　親のいない子や、理由があって親が育てられなくなった子達が預けられている、児童養護施設。
「知らない」
　こんな言葉を繰り返すのは何度目だろう。
　言いがかりにしても幼稚すぎる。
　否定するのもいい加減疲れてきた。
　職員の目を盗んで日常的に行われるイジメ、暴力。
　夜な夜なターゲットになるあたしには理由がある。
　あたし、森嶋優月は、幼い頃両親を亡くし、10個歳の

離れたお姉ちゃんと一緒にここへ預けられた。
　お姉ちゃんはここのルールにより高校卒業と同時に施設を出て、働きながら一人暮らしを始めた。
　そして数年経ち生活が安定してきた頃、あたしを迎えに来てくれた。小学6年生の春だった。
　質素でも幸せだったふたり暮らし。
　その生活に変化が訪れたのは5年後。
　お姉ちゃんも人並みに恋をして、結婚が決まったから。
　相手はとても優しい人で、生い立ちを丸ごと受け止めてお姉ちゃんを愛してくれた。
　『一緒に住もう』と言ってくれたお姉ちゃんに甘えるほど、あたしも図々しくない。
　今までずっと、自分よりもあたしを最優先にしてきたお姉ちゃん。
　これからは、自分の幸せを第一に考えてほしいと願った。
　施設に戻っても友達は沢山いるし。
『あたしなら大丈夫』
　17歳の夏休み直前、自ら施設へ戻る道を選んだ。
　だけど、現実は甘くないと思い知らされるのに、そう時間はかからなかった……。

「出戻りのくせに態度デカイんだよ！」
　この歳になって双葉園に出戻ってきたあたしは、格好の標的だった。
　行き場のない気持ちを発散させる場所が欲しい彼女達

は、何かと理由を付けてはイジメに走る。
　同部屋で中学生の若菜は、今日も怯えながら膝を抱えて部屋の隅で丸くなっている。
「しばらく外の世界でいい思いしてきたんだろうが！」
　双葉園の中でリーダー的存在の奈央に、逆らえる者は誰もいない。
　勢いよく体を床に叩きつけられた後、太ももに蹴りを食らわされた。
「……っ」
　治りかけてきた傷に塩を擦り込むような痛み。
　２日前にやられた箇所が悲鳴を上げた。
「うっ……」
　歯を食いしばって苦痛に耐える。
　洋服の下は痣だらけだった。
　彼女達もバカじゃないから、見えるところに傷は作らない。姑息なやり方で、あたしを日々追い詰めていく。
　幼少期から、奈央とはずっと一緒だった。
『遊びに来るからね』
『うん。絶対だよ。忘れちゃイヤだよ』
　施設を出るときに交わした約束。
　だけどそんな約束も果たされることなく。
　あたしは新しい暮らしが新鮮で、たまらなく嬉しく、奈央のこともすっかり忘れていた。
　思い出したのは、再入園が決まってから。
　奈央がいる。だから淋しくない。

そう思っていたあたしをどん底に突き落としたのは、他でもない奈央だった。
「生意気なんだよ！」
　奈央はすっかり変わっていた。
「うっ……」
　彼女の膝がみぞおちに命中。
　レディースにでも入っているのか、イジメの腕は筋金入り。あたしひとりをいたぶるなんて、わけもない。
　今日も夜遅くまで、『制裁』は続いた。

　そして、夏休みが明けた——。
「昨日の合コンのメンツ、最高だったね！」
「優月も来ればよかったのにぃ」
　あたしが通うのは、双葉園から電車で30分くらいの距離にある、私立 楓 女学園。
　普通科と音楽科がある、世間ではいわゆるお嬢様学校。
　ここには、それなりに友達と呼べる人もいる。
　唯一、日常の呪縛から逃れられる時間——。
　生い立ちは隠してる。入学当初の家は双葉園じゃなかったし、今更言えなかった。
「ムリムリ、優月はそういうノリじゃないもん」
「えー、そお？　優月みたいな子って、需要あると思うよ？」
「わかるっ！　ちょっと悪い男って、案外控えめな子がタイプだったりするよね！」
　根拠もないくせに、言いたい放題な面々。

あたしはグループの中ではおとなしい子と思われている
ようだ。
「優月も元はいいんだから、ちょっと化粧したらすごく化
けるって」
「なんか雰囲気が暗いんだよね。髪型のせい？」
　長いストレートの黒髪は、レイヤーが入っているわけで
もなく。
　決して今っぽいとは言えないけれど、それでも適度な長
さと重みでハネを防げるこの髪型が一番楽なだけ。
「ちょっと〜、それ言い過ぎだって！」
　暗いという言葉をたしなめるような口調には、微塵も
フォローが感じられない……そっちの方が癪だけど。
　明るいと思われたいわけでも、暗いと思われたくないわ
けでもない。そんなのどうでもいいから、もう、ほっとい
てほしい。
「とりあえずさ、今度１回だけでいいから合コン、行って
みようよ。髪型とかそういうの、うちらがどうにかしてあ
げるから！」
　その言葉を最後にお喋りがやみ、全員の視線を浴びたと
ころで。
「うん。今度ね」
　上辺だけの笑顔を作って、今日もあたしはみんなの話に
相槌を打つ。双葉園よりは、マシだから。
　──合コンなんて行けるわけない。
　双葉園の人間の多くは、よっぽど優秀でない限り、園か

らもほど近い雀谷高校へ行く。悪名高い不良高校だ。

　あたしは中学時代に一生懸命勉強を頑張り、お姉ちゃんが無理してこの高校へ入れてくれた。

　双葉園に戻った今も、職員の人達の配慮もあって、このまま通い続けることができている。

　そんなあたしが合コンなんて、浮かれたこと……。

「頭のいい男もイイけど、やっぱり喧嘩の強い男の方がイイかも。いざって時に守ってもらえるじゃない？」

「あたしもドキドキしちゃった。チャットアプリ交換した彼のこと、好きになっちゃったかもー」

「同感！　背中にタトゥーなんて、普通の男にはない魅力だよねっ」

　今度は不良か……。

　気の多い彼女達。珍しいものにはなんでも飛びつく。

「希美ってば、お持ち帰りされちゃったんだから！」

　キャッキャと笑う別の友人が、自分のことのように自慢する。

　……背中のタトゥーを目にしたっていうのは、そういうわけか。

　清純ぶっているけど、本当は好奇心旺盛で、誰もが人よりも早く"初めて"を体験することに優越感を覚えている。

　夏休みが明けたときには、6人グループのうち4人が経験済みになっていた。そして、残る希美もようやく……。

「優月も早くしないと、ね？」

「う、うん」

早くしないと、何？
　経験するのが、そんなに偉いの？
「どうせなら"灰雅"の人達と知り合いになりたいんだけどなー」
「無理無理！　あたし達なんて相手にしてもらえないって。せめて昨日の"天龍"が精いっぱいでしょ」
「はー、誰か紹介してくれないかなー」
　意味不明な単語が並んでいるけど、きっとそれはどこかの暴走族の名前なんだろう。
　たまに彼女達の口から名前が出てくる。
「ねぇねぇ、明日、灰雅が久々に大きい暴走するらしいよ。見に行く？」
「行く行くー！」
　あたし以外の全員の声がそろう。
「じゃあさ〜……」
　いつの間にかあたしは、輪からはじき出されていた。
　そんなことに気付きもしない彼女達は、さらに輪を小さくし、色めきたって話を続けた。
　結局、付き合いの悪いあたしは友達と認識されているのかも分からない。
　いいの。どうせ暴走族になんて興味ないから。
　自分が傷つかないように、そう正当化する。
　現実逃避したところで、現実は変わらない。
　一時の憧れや快楽なんて、なんの意味がある？
　……そう思うあたしは、結局冷めた人間なのかもしれな

い。あたしはただ、双葉園を出る日のことだけを考えて毎日過ごしているから。

　本当は、誰かに助けてって言いたかった。

　だけど問題が起きたと分かれば、確実にお姉ちゃんへ連絡が行く。それだけは阻止しなきゃいけない。

　お姉ちゃんの幸せは壊せない。

　逆らうことも助けを求めることも出来ず、あたしは耐えるしかないのだ。

　自分で選んだ道。

　――あと、1年半。

金髪(きんぱつ)の男

　学校が終わると、駅の近くで奈央達が待ち伏せしていた。
「どんな手使ってもいいから、金作って持って来いよ」
「え……」
「え、じゃねぇんだよっ！」
　頭頂部から髪を鷲掴(わしづか)みにされた。
「……っ」
　……逆らえば、自分の首を絞めるだけ。
　近くのファミレスで時間を潰(つぶ)し、夜が更(ふ)けるのを待つ。
「あのオヤジでいいんじゃない？」
「あれならチョロいな」
　獲物(えもの)を物色していた奈央達が目を付けたのは、グレーのスーツを着た中年男。
　完全に酔い潰れて電柱にもたれかかっていた。
　黒いセカンドバッグは脇から滑(すべ)り落ち、太ももの上に乗せられている。
　……やりたくない……。
　これはれっきとした犯罪。
　奈央があたしに課すのは、以前の方がどれだけ良かったかと思わせることばかり。
　制裁が、日に日にエスカレートしているのだ。
　犯罪に手を染めるくらいなら、殴られた方がマシ。
　だけどこれをやらなかったら、次は何を強要されるか分

からない。
　だから……やるしかない……。
　あたしの感覚も、だんだんおかしくなっていたんだ。
「ヘマすんなよ」
　繁華街(はんかがい)の路地裏。
　30分張っていても、数人通る程度。
「……大丈夫だよ」
　これなら誰にも見つからないはず。
　万一なにかあっても逃げ足だけには自信がある。
　あたしは頷(うなず)くと車の影から出て、ソロソロとおじさんに近づいて行った。
　——おじさん、ごめん……。
　お姉ちゃん、ごめん。
　お父さん、お母さん……ごめんなさい……。
　天国の両親にも心の中で謝りながら、手を伸ばしてバッグを掴んだときだった。
「何してる！」
　ドスのきいた声が背後から響いた。
　驚いて、バッグがおじさんの顔の上に落ちた。
　そのはずみで、熟睡していたはずのおじさんの目が開く。
　うつろな視線があたしを捉(とら)えた。
　慌てふためいて振り返ると、そこには懐中電灯を持った警官の姿。
　——ヤバい、パクられる。
　思い浮かんだのは、失敗したあたしに制裁を加えるであ

ろう奈央でもなく。
　お世話になっている双葉園の職員でもなく。
　……お姉ちゃん。
　こんなことがお姉ちゃんの耳に入ったら。
　罪を犯す妹を持ったことで、せっかく手に入れた新しい"家族"を失うかもしれない。
　今までどんなに痛い思いをしても我慢してきたのに、ここで捕まるなんてあり得ない。
　あたしは走り出した。
　大した特技も取り柄(え)も見つからない中で、唯一足だけは速かった。
　——タッタッタッ……。
　それでも後ろから追いかけてくる足音は遠ざかるばかりか、さっきから距離を詰められているように感じた。
　しかも何かを叫んでる。
　いい加減諦めてほしい。
　簡単に撒(ま)けると思っていたのに計算外じゃん。
　いったい何者!?
　必死に走りながら後ろを振り返った。
　……って……えぇぇ?
　真っ赤になびく髪が見えた。
　……警官の髪が真っ赤なわけない。
　あたしが見たのは５分刈(が)りのメタボ体型の警官だった。
　だから撒けると思ったのに。
　あたしを追ってる人間が、いつの間にか変わっている。

……どうして？
　じゃあ、今追って来ているのは誰？
　ある意味怖くなって更にスピードを上げた。
　警官も御免だけど、こっちはこっちで厄介そうだ。
　走って走って走り続けるが、相手も結構なもの。
　足音は遠ざからない。
　カーチェイスさながらのランチェイスで体力も限界。
　もう諦めようかと思ったその時。
「あっ……!!」
　気の緩みが招いたのか、足がもつれてそのまま地面へダイブ。
　普通じゃない速度を持って飛び込んだコンクリートは、激しい痛みという代償をもってあたしを受け入れた。
「うっ……」
　倒れ込んだことで完全に脱力し、起き上がることすらできない。
「つ～かま～えた～」
　反対に、追ってきた男はコミカルなメロディーを付けてあたしの横で足を止めた。全然息が上がってない。
　こいつ、ただものじゃない……。
「キミ足速いね。うちに欲しいなあ」
　なんのスカウトかと思わせるような言葉に、起き上がれないながらも、顔だけ上げたあたしの目に飛び込んできたのは……。
　普通の男の人……ではなく。

どっからどう見ても不良だった。
　眉毛は半分剃り込み入ってるし、髪は真っ赤だし、スカジャン着てるし……。
　あたしの知っている不良の定義を綺麗に網羅してた。
「あ……あのっ……」
　警官と不良ってグルなわけ？
　この街を守る代わりに資金提供なんかして？
「ごめんなさい……ほんの出来心で」
　見られてたはず。
　あたしがバッグをすろうとしてたところ。
「もうしませんからっ……すみません、許してくださいっ！」
　必死に演技をした。
　もう泣き落としだ。見逃してもらうために。
　大袈裟に鼻をすすってみたけど、全く効果がなかったらしい。
「それは出来ないな」
　赤髪男は低い声できっぱり却下した。
「……なら、お姉ちゃ……家には連絡しないで……」
　頭を切り替えて冷静に訴えた。
　あたしの場合、家というのは双葉園。
　でも双葉園に連絡……は困る。
　確実にお姉ちゃんにまで話が伝わるから。
「うーん。交渉次第では出来なくもないけど」
　赤髪男は腕を組んで考え込んだ。

交渉の余地あるの……？
「それって……お金!?」
　とにかくお姉ちゃんを守れるならなんでもいい。
　藁にもすがる思いで、赤髪男の腕を掴んだ。
「じゃあ……体で解決してもらおうかな」
　赤髪男が指さした方へ首を振ると、怪しげなネオンの灯った建物が見えた。
　……ラ、ラブホ!?
　とんでもない所にいる自分に驚く。
　場所は飲み屋街からかなり移動していたようで、辺り一帯ホテルだらけだった。
「……わかった……」
　別に、こんなことで初めてを奪われても惜しくないし。
　それで見逃してもらえるなら、これも女に生まれてきた特権にすら思える。
　覚悟を決めて頷いたあと。
　あたしの目に映ったのは、今にも吹き出しそうな口元を懸命に押さえている赤髪男の姿……。
　──え？
「大翔、悪ふざけもそのくらいにしとけ」
　また別の声が聞こえて斜め方向に顔を上げると、異様に背の高い男が、赤髪男を見おろしていた。
　短い髪は染められてないけど、耳の色んな場所にジャラジャラとピアスを蓄えているのを見れば、赤髪男と同類だろうってことはひと目でわかった。

赤髪と違うのは、こっちの男は完全に息が上がってるということ。
「はーっ、マジ疲れたし!!」
　そして、地べたに足を投げ出した。
「久々にこんな足使った！　明日筋肉痛決定だな」
「は？　旬の長い脚は飾りかよ？　バイクばっか乗ってねぇで、たまには運動しろって」
「おめぇこそ、体育はサボりばっかじゃねぇか」
「だってダリィし」
　"大翔"と"旬"と呼び合う2人は、座り込んで話し始めた。
　話の内容からすると、2人は高校生みたい。
　やり取りを聞きながら思う。
　……警官と不良がグルなわけない。
　どっちかっていうと追放したいはずだよね。
　真に受けたあたしがバカだった。
　今頃そんなことに気づいて気が抜ける。
　いつ警官と大翔がすり替わったのかは疑問が残るけど、とにかく早くここから立ち去りたい。
　この隙に……そう思って腰を上げかけたとき。
「この子？　追われてたの」
　旬があたしに目を向けた。
「そーそー」
　大翔が相槌を打つ。
　…………逃げ遅れた。

「それにしてもうまく撒けたな。あのデブすぐに諦めてやんの」
　満足そうに笑った旬に、目を丸くする。
　……撒いた？
「いかに俺らみたいのを追放したいってことだな。俺が騒いだらすぐ方向転換して追ってきやがった」
　今度は面白くなさそうに顔をしかめた。
　……どういうこと？
「ごめんごめん。追ってたのは捕まえようとしてたからじゃなくて、もう助かってるよって教えてあげようとしてただけなんだ。なのにキミ、めっちゃ足速くてさ」
　大翔が顔の前で両手を合わせた。
　……助けてくれた？　どうして？
　まあいいや。不良って暇なんだ。
　警官にパクられなかったんならそれでいい。
「……よくわからないけどありがとう……」
　とにかくあたしは逃げないと。
　もたもたしてたら、また追われるかもしれないし。
　奈央達、どうしたかな。
　そう思いながら立ち上がったあたしを襲ったのは、体中を締め付けるような痛みだった。
「うっ……」
　立つどころか、そのままコンクリートの上に倒れ込む。
　転んだ衝撃で両ひざは腫れ、吹き出すような血が流れていた。

「うわっ、マジでヤベーよこれ！」
「見せてみ？」
　大翔は大げさにのけ反り、旬はあたしの足に触れて傷口を確認する。
　あ、あの……手に思いっきり血がついてるけど……。
「マズイな……」
　ひと言呟いた旬はスマホを取り出し、真っ赤な手でどこかへ電話を掛けた。スマホも血まみれだ。
「じゃあそっちへ行くから──……」
　血が苦手そうな大翔と違ってそんなのをもろともせずに、手短に話を終えた旬はあたしへ尋ねる。
「掴まって。立てる？」
「……っ……！」
　大丈夫、そう言いたいのに対して、体はまったく逆の反応を見せた。
「その様子じゃ無理だな」
　不良に関わるのは嫌だけど、自力で立てないものは仕方ない。
　諦めたように首を振ると、旬はあたしの体を持ち上げた。
　突然世界がグラリと揺れた。景色が反転する。
「あの、ちょっと……！」
　背の高い旬に抱えられたあたしの視界は普段よりもはるか高く。
　自分の置かれている状況に唖然とした。
　だって、お姫様抱っこだから……。

ていうか、ちょっと待って!
　いったいどこに拉致る気!?
「ご、ごめんなさいごめんなさいっ……」
　これは大変なことになる……と、またひたすら謝った。
「なんで謝んの？　悪いの俺らだし」
　シレッと答えた旬はおろしてくれる気配がない。
　足を止める気配もない。
　……っ。じゃあ……。
「た、助けて！」
「だから助けてやるんだって」
　やっぱり淡々と答える旬は、あたしを抱えたまま路地を曲がってまた曲がり。
　怪しいネオンですら恋しくなるほど、灯りもない暗がりに入っていく。
　繁華街から少し奥に入っただけでこんなに暗いなんて。
　こんなところで何をどう助けてくれるっていうの？
　どう考えても〝助けてやる〟の意味が分からない。
　動けないのをいいことに。
　冗談抜きで怖くなってきた。
　……不良だし。
　足の痛みより、恐怖に怯えて顔が強張る。
「痛いだろうけど、もうちょっとの辛抱な」
　大翔が言う。
　……そうじゃなくて。あなた達が怖いの。
　とは言えず。

ドキドキしながら静かに成り行きに任せていたあたしがおろされたのは、街灯もない寂れた空き地だった。
　叫んでも誰の耳にもきっと届かないような場所。
　ちょっと、本気でヤバいんじゃないの……？
　警戒心が極限まできたとき。
「大翔頼む」
「おう」
　何かを指示された大翔は、走って空き地に横付けされていた黒い車のドアを開けた。
　中からまた別の手が伸びてきて何かを受け取ると、それを抱えて戻ってきて中身を空き地にぶちまけた。
　ビンに入った薬液のようなものが目に入る。
　く、薬!?　変な薬でも打たれるの!?
　本当にヤバイ……。
「歯を食いしばっとけよ！」
　そのビンを手にした旬は、蓋(ふた)を開けるとあたしの膝めがけて一気に中身を振りかけた。
「ひゃあああああぁぁぁああああっ……!!!!!!」
　黒一色の世界に、あたしの断末魔(だんまつま)のような悲鳴が轟(とどろ)いた。
　針で突き刺すような痛みが全身を襲ったのだ。
　何を振りかけたの!?
「ちゃんと消毒しないと、ね？」
　今にも暴れ出しそうな体を、大翔が後ろから羽交(は)い絞めにする。
　……消毒？

確かに辺りには鼻をつく消毒液の匂い。
　膝からは白い泡が吹き出していた。
「ガラスも刺さってんだ。取らないと……」
　旬が難しい顔をしてピンセットを手にした。
「ガラス……？」
「マジここ治安悪すぎ!!」
　大翔が吐き捨てながら懐中電灯で照らしてくれている先を見れば、旬の言う通り両膝には細かいガラスが刺さっていた。
　きっと転んだ先にガラスの破片が散らばってたんだ。
　痛すぎてそんなことにも気が付かなかった……。
　ゆっくり抜いてくれているけど、細かな作業。
　時々ピンセットの先が傷口にあたる。
「うわあああああっ……！」
　そのたびに襲ってくる、尋常じゃない痛みに叫び声を上げていると──。
「黙れよ」
　また別の声がした。
　怒鳴っているわけじゃないのに、低くて威圧的なその声にビクッと肩が震えた。
　視界に入った足から順に顔を上げていく。
　睨みつけるようにあたしを見おろしていた人物は。
　目の覚めるような、金色の頭をした男だった。
　金髪でも違和感のない白い肌を持つ、その瞳はブラウン。
　いかにも"男"って顔した大翔や旬と違って、全体的に

中性的な印象。
　同じ不良でもどこか小綺麗に感じるのは、細身の体にセンスよく着こなしたスーツのせいだろうか。
　旬よりも更に背が高く、歳は……ハタチ超えてる……？
「見つかったら面倒だ。黙らせろ」
　彼は大翔にタオルを差し出す。
　……誰に何が見つかるの……？
「ごめんね。これ噛んでて。少しは痛み逃がせるから」
　大翔はそれをあたしの口に咥えさせた。
　……要はうるさいってことでしょ。
　何を偉そうに……。
　気づかれないように金髪男を睨む。だけど、それを噛んでいたら本当に痛みが散った気がした。
「なんの不始末だ」
　とても機嫌の悪そうな彼。
　低血圧っぽい喋り方にはトゲがあって、傷口にまで響く。
　大翔達の仲間なんだろうけど、２人と違って愛嬌の欠片もない。無愛想で、無表情。
「この子がサツに追われてて……」
　大翔が事情を説明し始めると。
「サツ……？」
　彼はその言葉に反応して、さっきまで無表情だった顔をほんの少し崩した。
　もともと無愛想な顔。
　眉をひそめたところで、大して変わらないけど。

「サツに顔売ってどうするつもりだ」
　声が更に低くなる。
「まーまー、ここらのサツには俺らの顔は売れてないから、凌牙は心配すんなって」
　それでも"凌牙"と呼ばれた彼はものすごく不機嫌そう。
　大翔が全て説明している間、一度もその表情を変えなかった。
　そんなにしかめっ面で、顔の筋肉が固まらない……？
「終わったよ。もう大丈夫だ」
　旬の声がした。
　両膝には綺麗に巻かれた包帯。
　膝下にまで流れていた血も綺麗に拭き取られていた。
「本当にありがとうございました」
　丁寧にお礼を言う。
　何かされるんじゃないかと思った自分が恥ずかしい。
　人は見た目や生い立ちで判断したらいけない。
　そんなの、あたしが一番わかってるのに。
「膿んだりしたら厄介だから」
　そう言って笑顔を見せる旬の服と手は、あたしの血で染められていた。
「服汚しちゃって、ごめんなさい……」
　見ず知らずのあたしのために、こんな……。
　他人に心配してもらうなんて久しぶりで、目頭が熱くなってくる。
「気にすんなって」

「旬は膝フェチだからね〜」
「うっせ！　黙ってろ！」
　そんなことを言われた旬の顔は、暗闇でもわかるくらい真っ赤になっていた。
「ホントのことじゃんかよっ！　女の子は膝が綺麗でナンボって言ってるくせに」
「ここでバラすかドアホ！」
　あ……そういう理由なんだ……。
　それでも、本当にありがとう、という感謝の気持ちは変わらない。
「とにかく早めに手当てできてよかった。あ、そだ、キミ名前は？」
　大翔の問いかけに、答えを待つように旬もあたしを見た。
　別の視線も感じる。……凌牙、の。
　心の中で呼び捨てにするのさえも気が引けるような、殺気立つ瞳。
「あ、あゆみ！」
　咄嗟に目に入ったのは、この空き地に放置されていたスナックの看板『あゆみ』。
　本名を言わなくたってバレるわけないし、なんとなく言いたくなくて名前を借りてしまった。
「あゆみちゃんはここにひとりで来たの？」
「えっと……まぁ……」
「この辺は危ないから女の子のひとり歩きはよくないよ」
「……うん」

どうして警官に追われていたのかなんて聞いてこない。
　さすが、不良。色々わきまえてる。
「シャッター閉めてる店も多いし、最近じゃどっかの族が占拠してんだろ」
「あー、そうらしいな。カツアゲ多発地帯で有名だもんな」
　……助かった。
　なんの疑いもなく話を続ける大翔と旬だったけど……。
「オマエはなんの権利があって名前偽ってんだ」
　あたしの前に立つ、もうひとりの瞳は冷ややかで。
「えっ……？」
　その双眼が、恐ろしく全身に突き刺さるようだった。
「正直に言え、……優月」
　その、"優月"とあたしを呼ぶ声に。
　彼を恐ろしいと感じていながら、同時に高揚感を持たずにはいられなかった。
　名前を呼ばれただけで、なぜかすべてを見透かされたような気がして……。
　……でも、どうしてこの人あたしの名前。
　思わずスカートに手を当てて、触れたものは。
　視線を下げると、ポケットから飛び出したスマホのストラップ。
　そこにはビーズで作られた「YUZUKI」のネームプレート。お姉ちゃんがくれたものだ。
「……ごめんなさい」
　鋭い観察力に、言い訳すら浮かばない。

「えっ！　あゆみちゃんじゃないの？　優月ちゃんなの？」
「なんかワケアリな匂いがするなあ。ま、あゆみちゃんでも優月ちゃんでもいいから乗って。その足じゃ帰れないだろ？　車で送ってくし！」
「いやっ……大丈夫っ……」
　そこまでしてもらうなんて……。
　断ろうとしたとき。
「駄目だ」
　旬の提案を却下したのは凌牙だった。
「得体の知れない女は乗せられねえ」
　——得体の知れない女。
　そんな位置づけにはもう慣れたはずなのに。
　凌牙は何も知らないのに。
　やっぱりあたしは"そう"なんだと改めて言われた気がして、目にジワリと涙が浮かんできた。
「ほらぁ〜。凌牙のせいで優月ちゃん泣いちゃったじゃんか〜」
　大翔や旬にちょっと優しくされたくらいで。
　こんな扱いには慣れてるはずなのに。
　どうして涙なんて出てくるのよ。
　あたしはそんなに弱い人間じゃない。
「ほっとけ。終電までまだある」
　凌牙はあたしを見るのも気だるそうにタバコに火をつけた。そんな凌牙に大翔が噛みつく。
「両足ケガしてんだぜ？　凌牙には良心てモンがないのか

よっ！」
「ンなもん、とっくに捨てた──……」
　凌牙は、大翔や旬と同類な気がして、そうでもないように見える。
　どこかに感情を置いてきたみたいに。
　……──そう、あたしのように……。
「……ったく。凌牙はいないものと思っていいから、さ、乗って」
　ふてぶてしく突っ立つ凌牙を押しのけて、旬が車のドアを開ける。
　それでも、風に乗って流れてくる凌牙のタバコの煙があたしに消えろと言ってるようで……。
「ホントに大丈夫っ……」
　第一、どこまで送ってもらうの？　双葉園？
　……そんなの絶対に無理。
「……いい。歩いて帰れるから」
　袖で目をゴシゴシこすりながら旬の腕をふり払って、重たい足を引きずったとき──。
　ジャリ……背後で足音がした。
「……人の縄張りでナンパとはな」
　その声に、凌牙達が一斉に振り返る。
　一気にこの場が殺気立ったのを肌で感じた。
　……何、この人達……。
　明らかに不良と分かるメンツがずらりと行く手を阻んでいた。ざっと10人はいる。

これだけ不良がそろうと圧巻(あっかん)で、さすがにあたしの足もすくんだ。
「いい度胸してんじゃねえか……」
　先頭をきって近寄ってくるリーダーらしき銀髪の男の視線は、凌牙に注がれる。
　大翔達よりも断然ガラが悪い。
「テメェ、誰に口きいてんだ」
　旬が一歩前に出る。
　膝フェチとか言われて、顔を赤くしていた旬とはまるで別人。一瞬にしてオーラが変わる。
　泣く子も黙るような凄味(すごみ)のある声に、あたしが震えあがってしまった。
「女寄こすかヤるのか、どっちにするか」
　銀髪男の両側にいる男が、鉄パイプを振り回す。
　女って。あたし……？
　この男達に売られるかもしれない恐怖を感じた。
　ついさっき、大翔達に感じていた恐怖なんて比べものにならないくらいに。
「優月ちゃん、危ないからこっち！」
　大翔が、動けなくなったあたしの腕を掴んだ。
　そして今度こそ拉致同然に、車の中に押し込められた。
「あのっ……」
　──バンッ！
　あたしの声をかき消すように、激しくドアが閉められた。
　やだ、どうしよう！　乗るつもりなんてなかったのに。

だけど外は一触即発の雰囲気。
　この状況であそこに戻る勇気もない。
　売られなかったってことは……。
　スモークの貼られた窓に張り付いて、外の様子を窺う。
　10人対3人って……。明らかに劣勢だ。
　助けてもらったばかりなのに、次は大翔達の血を見ることになるの？
　こんな場面に出くわすなんて生まれて初めてで、手足の震えが止まらない。
「目を閉じていた方がいいかと」
「きゃあっ！」
　車内から声が聞こえて、あたしはまた叫んでしまった。
　見ると、運転席に人がいた。
　まだ別の仲間がいたんだ。
　この人は見るからに大人で、不良とは似ても似つかない。
　坊主で強面だけど、スーツを着た身なりのきちんとした人。一見、彼等の仲間だとは思えない。
「あ、あの……明らかに不利ですし、あなたも加わった方が……」
　でも一緒にいるってことは不良なんだろう。
　余計なお節介だとは分かっているけど、少しでも頭数はあった方がいいと思う。
　冷静すぎる彼の尻を叩くつもりで促してみるが。
「私は喧嘩はしません」
　彼はピシャリと言い切った。

あ、そうなんだ。なんて薄情(はくじょう)な人なんだろう。
「第一、私などいなくても大丈夫です」
「……は？」
「どうやら終わったようですよ」
　彼がルームミラーで外を確認した。
　終わった？
　再び窓に張り付くと見えたのは、声が出なくなるほど驚愕(きょうがく)の光景だった。
　倒れてる。全員。
　……相手の不良達が。
「えぇぇっ!?」
　かろうじて銀髪男は立っているけど、口の横から流れる血を袖で拭いていた。
　殴られたのには間違いないらしい。
　そして何かを叫ぶと、手で仲間達に引き上げる合図をして空き地から去って行った。
　ちょっと……。どれだけ強いの？
　この人達、何者？
　すぐそばでは余裕そうな表情で、服の乱れを直している3人がいた。
「お疲れ様です」
　ドアを開けて乗り込んできた3人に、運転席の彼が声を掛ける。
　見るからに年上なのに、不良の彼らにも敬語を使うことに違和感を抱いた。

「俺等に喧嘩売るとか、頭イカれてんのかっつーの」
「"SPIRAL"から分裂したヤツらだろ。この辺を縄張りにしてるって、テルさんが言ってた」
「あの弱さハンパねぇっ!!」
「あれじゃすぐ潰れるな」
　あたしには分からない会話をしながら、大翔と旬は2列目シートの真ん中を通り、3列目へ。
　ってことは、必然的に隣は凌牙。
　……すごく気まずい。
「あ、あの……」
　降りる、と言おうとしたとき。
「出せ」
　凌牙のひと言で車は発進した。
　え？　出すの……？
　……あたしを乗せるのをゴネてたくせに……。
　みるみる窓の外の景色が変わっていく。
「優月ちゃんは気にしないで送ってもらえば大丈夫だからね～」
　後ろから大翔の、のん気な声。
「で、でもっ！」
　あたしは焦った。だって……そうでしょ。
「家はどこだ」
　進行方向を見ながら、ぶっきらぼうに口にする凌牙。
　……そう。それを聞かれるのが恐ろしくて。
　どうしよう。なんて言おう。

どうしていいかわからず、視線だけを不審に泳がす。
　ルームミラー越しに、同じように困った目をした運転手の彼と目が合った。
　どこへ行っていいのか困っているのは、彼も同じ様子。
「また嘘言ったらどうなるか分かってんだろうな」
「……っ」
　たとえ嘘を言ったとしても、凌牙にはなんの迷惑(めいわく)にもならないはずなのに……。
「早く言え」
　相変わらず低血圧を感じさせるその声には、逆らえない何かがあって。
「――……双葉園……」
　あたしの声が、静かな車内に落ちた。
　続いて、車がゆっくり停止する。
〝マジかよ〟
　車内の空気がそう言っていた。
　沈黙に支配される車内。
　……何。そんなに双葉園の人間が物珍しい？
　…………そうだよね。
　今までだってロクな扱いされてこなかった。
　慣れてる、そんなの慣れてるからいいの……。
　車が停まったってことは、降りろってことなんだと思う。
　上等よ！　降りてやるわよ。
　そもそも乗るつもりなんてなかったんだから。
　半(なか)ば力を込めてドアを引こうとすると――。

「出せ――……」
　低い声で指示した凌牙に従うように、再び車がゆっくりと動き出した。
「えっ、なんでっ……」
　凌牙に視線を向けたけど、相変わらず真っ直ぐ前を見たまま。
　いいの……？
　あたしは俯いて、スカートを握りしめた。
　直後。
　―――キィィィィ――ッ。
「きゃあっ！」
　突然車に急ブレーキがかかり、車体が前へ振られた。
　ガクンッ。
　1列目と2列目の間が広く開いていたせいか、シートから滑り落ち、あたしはシートの下へ投げ出される。
「何事だっ！」
　車内に緊張が走った。
　大翔と旬はすぐに立ち上がり、スマホを握りしめた。
　険しい顔で窓の外をくまなく見る。
　……――何……？
　急ブレーキを踏んだくらいで、これほどまでに緊張しないといけない事態ってなに？
　下に落ちたままの状態で車内を見回す。
　この人達って、いつもどういう状況下に置かれてる人なんだろう。

喧嘩の強さだって並はずれてるし。
　車には運転手までいて。
　きっと、歳はあたしとそう変わらないのに……。
「すみませんっ、急に猫が飛び出してきまして」
　運転手は、わざわざシートベルトを外して後ろに向かって頭を下げた。
「なんだぁ～。ビックリしたなぁ～」
　ほっ……。
　またとんでもないことが起こるんじゃないかと思っていたあたしも、大翔に続いて安堵の息を漏らす。
「気をつけろ」
　それでも凌牙は緊張感を持ったままの声で、運転手に乱暴な言葉を吐き出した。
　そんな凌牙は、体が下に落ちるのは免れたけど、助手席の背面に手をついてやっとの状態。
　体が斜め前に傾いていた。
　……不可抗力だったのに。
　そんなに怒らなくてもいいじゃない。
　猫をひいた方が良かったの？
　あたしの家を聞いても降ろさなかったのは意外だったけど、凌牙の態度にはやっぱり共感できない。
「優月ちゃん大丈夫？」
　旬に言われて我に返る。
「あっ。うん、平気」
　衝撃で、持っていた手提げの中身が散らばっていた。

慌てて拾って座面に戻ると、車はまた加速した。
　やがて双葉園につき、入口の少し手前で車は止まった。
「……ありがとう」
　あたし個人に関することは何も聞かれなかった。
　双葉園の人間になんて興味はないだろうし、聞かれたとしても困るだけだから助かった。
「じゃあね、優月ちゃん」
「おだいじに」
　降り際、大翔と旬は声を掛けてくれたけど、思った通り凌牙は無言だった。
　なんだか今夜は刺激的な夜だった。
　もう二度と会うことはないんだろうな……。
　そう思いながら、去っていく車を見送った。

　消灯時間がとっくに過ぎた園の中は、もう薄暗かった。
　音をたてないように、ゆっくり中へ入る。
　廊下を歩いていると。
「……わっ」
　薄暗い食堂から人が出てきて、思わず声が出てしまった。
「……壱冴……」
　こんな時間なのにまだ制服姿の彼は、雀谷高校に通うひとつ年上の男子。
　水でも飲んできたのか、口元を袖で拭いながらあたしに視線を向ける。
　長い前髪から覗く瞳はナイフのように鋭い。

「今……帰り……?」
「……オマエもだろ」
　驚きを抑えつつ尋ねると、それだけをぶっきらぼうに言い放った壱冴は、自分の部屋に向かって歩いて行く。
　……壱冴は……赤ちゃんの頃から、ここにいる。
　今ここで生活している人の中で、一番入園歴が長い。
　あたしが再入園して、同世代の中で態度が変わらなかったのは壱冴だけだった。
　とはいっても、そっけなくぶっきらぼうな態度を取られるのが昔からだったということ。
　……あたしに興味がないだけかもしれないけど。
　本当のところはどう思っているか分からないけど、手のひらを返すような態度を取られなかったことは、あたしにとっては救いだった。
　見た目が怖い壱冴に、園内では極力誰も話しかけない。
　みんなで食事をとることもめったになく、高校生になってからは帰ってこないことも多くなったのだとか。
　だからといって、園の中で荒れているのかというと、そういう訳ではない。
　どこか自分だけの世界を持っていて、近寄りがたい雰囲気がある。
　周りが一目置いて敬遠する……そんな独特の雰囲気が、あたしは結構好きだったりもする。
　……でも、次の春にはここを出ていってしまう……。
「おやすみ、壱冴」

壱冴は特に返事をすることなく、自分の部屋へと入っていった。

「ヘマしやがって！」
　部屋に入るなり、そこで待ち構えていた奈央に蹴りを一発入れられた。
「……っ」
「次は絶対失敗すんなよ」
　奈央も警官に追われたのかもしれない。
　相当疲れていたようで、今日はそれだけで済んだ。
「優月ちゃん……」
　奈央が出ていくと同時に、２段ベッドの上から若菜が顔を出した。
「あ……起こしちゃった？　ごめんね？」
　今の騒ぎで起こしてしまったのかと謝る。
「ううん。眠れなかったから」
　……そうだよね。
　奈央が部屋で張ってたんだもんね……。
「あたしのせいでごめんね？　もしかして、奈央になんかされた？」
「違うの。優月ちゃんが帰ってこないのかと思って、心配で眠れなかったの……」
　そんなことを言ってくれる若菜に、少し心が温かくなる。
　あたしはベッドに近づき、若菜の手をそっと握った。
「帰ってくるに決まってるじゃん。あたしにはここしか居

場所がないんだから……。……もう寝な。おやすみ」
　そう言うと、若菜は安心したように目を閉じた。
　……居場所と言えるのかなんてわからない。
　だからって、他に居場所があるわけじゃない。
　眠れる場所があるだけ、いいと思ってる。
　明日の用意をしないと。
　気を取り直して、鞄を開け教科書の入れ替えをする。
　──と。
　今日持っていた手提げの中に、見慣れないものを見つけた。
「手帳……？」
　シンプルで黒い革張りのもの。
　クラスの誰かのが、紛れたのかな。
　でも女の子が使うようなものではない。
　みんなが持っているのは、キラキラした派手なものばかりだし。
　何気なくパラパラめくってみると、細かい文字が沢山見えた。
　かなり使いこまれてる様子。予定なんてびっしりだ。
　こんなものがどうしてあたしの手提げに……？
　そう思った直後、ピンときた。
「もしかして！」
　さっきの車。
　急ブレーキをかけられたとき、手提げが足元に落ちて。
　慌てて中身を拾って入れたから。

「……嘘っ……」
　助手席の背面に手をついていた凌牙を思い出す。
　あの体勢だと、スーツの胸ポケにでも入れていた手帳が衝撃で落ちたと考えられなくもない。
　……ってことは。これは凌牙の手帳……？
　そう思ったら、余計に中を開くのも気が引けた。
　ただ、カバーをもう一度よく見てみると、留め金の部分には透明の光る石が付いていた。
　……何これ、ダイヤ!? ま、まさかね。
　あたしに本物と偽物の区別なんてつけられないけど。
　この手帳からは正真正銘の革の匂いがする。
　ということは、この石がダイヤの可能性もある。
「……どうしよう」
　手帳ってすごく大切なもののはず。
　今頃なくて困っているかもしれない。
　だけど、どうやって返したらいいんだろう……。
　ああ……。ダメだ、眠い……。
　どうしようと思いながらも、今日の疲れがどっと襲ってきて、いつの間にか眠りに落ちていた。

第2章

最強暴走族『灰雅』

「優月も行くんだっけ?」
　何についての質問か分からず、あたしは首を傾げた。
　翌日の放課後。
　金曜日ということで、教室内はいつになく活気づいている。これからデートや合コンがあるんだろうか。
　この教室は、あっという間にパウダールームへと変化を遂げていた。
　色々な匂いが混ざり合い、正直気持ち悪い。
「あ……、今日は……ちょっと用があって……」
　難しい授業に散々頭を使って、苦手なガールズトークに相槌を打って。
　どこに行くのか分からないけど、放課後まで彼女達に付き合うのは苦痛。
　学校内でだけそれなりに付き合えていればいい。
「そう。あとはみんな行くよね?」
「「「もちろん!」」」
　強引に誘われたりはしない。
　元々あたしなんか行かなくても別にいいみたい。
　誘う気はないくせに、そんなあからさまな態度を取られれば少し気分が沈んだ。
「メンバーの誰でもいいから知り合いになりたいなっ!」
「うまくいけば、後ろに乗せてもらえたりねっ」

どうやら"行く"というのは、昨日話していた暴走族の集まりらしい。
　迷惑行為を見学して、何が面白いの？
「夜8時からだから、一度帰って着替えて7時に駅集合！」
「オッケー」
「今夜はそのままオールでいいよね！」
　ふと、昨日のことを思い出した。
　大翔や旬もどこかの暴走族に入ってるのかな。
　でも、彼らを見る限りそんな過激なチームには属してなさそう。
　暴走族の人達って、一般人にも冷酷非道で近寄りがたいイメージがあるから。
　彼らは、割とどこにでもいそうな10代の男の子。
　……凌牙は除いて――……。
　いつものことだけど、分からない話からは早く抜けて帰りたい……そう思っていたとき。
　グループの子のスマホが鳴った。
　曲はスローテンポのブラックミュージック。
　きっと、夏休みに通い詰めたとかいうクラブの影響かな？
「希美ー、スマホ鳴ってる」
「んー。あ、知らない番号だし。誰……？」
　ディスプレイを見た希美は、気だるそうにスマホを耳に押し当てた。
「もしもしー？」

トゲのある口調で応答した希美だったけど。
「えっ……あ、はい……はいっ……」
　　みるみる表情がかわっていく。
　　緊張感をもった声に、赤みを帯びていく顔。
「えっ？　なになに？」
「合コンのお誘いとか？」
　　そんな希美の変化に周りの友達も興味津々。
　　お喋りをやめて、希美の周りに張り付く。
　　何か聞こえやしないかと、一生懸命相手の声を耳に入れようと聞き耳を立てる姿はちょっとおかしい。
　　興味はないけど、とりあえずあたしもそれにならって耳を傾けてみた。
　　その時、希美の口から思わぬ名前が漏れた。
「優月……ですか？」
　　ぶつかる希美の丸い目が、それがあたしだと物語る。
　　みんなの視線も一気にあたしに向けられた。
　　な、何……？
　　あたしに視線が集中することなんて普段ないから無駄に緊張する。
　　高揚した表情のまま電話を終えた希美。
「灰雅のヒロトさんと、どういう関係!?」
　　興奮気味にあたしの肩を揺さぶった。
　　それはもう、首が取れそうな勢いで。
「ははは、はい……が……??」
　　やっぱり暗号のような単語。

あたしにはなんのことかさっぱりわからない。
「いいいい今、電話があったの！　優月を呼んで来てって頼まれたの！」
「まさかヒロトさんから直電!?」
「やだ何、どういうこと!?」
　騒ぎ立てる周りに圧倒され立ちつくしていると、窓側の方で別の子が大声を上げた。
「ちょっと一大変！」
　一斉にみんながそこへ駆け寄る。
　あたしもつられて窓の外を覗く。
　カラフルな頭がひとつ、目に飛び込んできた。
　燃えるような、赤だった。
　そしてもうひとつ、女の子に囲まれている中で頭ふたつ分くらいとびぬけている黒い頭。
　まるで昨日の大翔と旬。
　って。
　まさかのまさか、ね。
　目を凝らして、もう一度窓に張り付くように外を見た。
　……間違いない。
　でも、なんでここに彼等がいるの!?
「優月ー!!」
　教室のドア付近からは、足をジタバタさせてあたしを呼ぶ希美。
　窓の外と教室のドア、どっちつかずで目を走らせていたあたしの頭の中で、点と点が繋がった。

あたしを呼んでる"ヒロトさん"て……大翔!?
「よ～優月ちゃん、昨日ぶり～」
　ハイテンションな希美に連れられて校門まで行くと、見覚えのある顔に出迎えられた。
　校内の大多数が大翔達の存在を知っているのか、なんの祭りだと思わせるような群衆が彼等を取り囲んでいる。
　明るい場所で見ると、大翔の髪の毛は思ってた以上に目立つ色。アッシュ系かと思っていたのに、トマトのように鮮やかな赤だった。
　旬のその身長も、女子の中に混じれば別の生き物のようにさえ感じる。
「優月ちゃん、借りていい?」
　そんなことを言う大翔に視線を合わせられた希美は、真っ赤な顔をして頷くだけ。
　……借りるって……。その前に。
「どど、どうしたの!?」
　ここは学校だ。しかも神聖なる女子高。
　周りからは、あたしに向けられた『アンタ誰?』的な視線を感じる。
　けど、言わせてもらえば、あたしだって大翔の素性は知らないし『あなた誰?』状態。
「大事な用があってね」
　旬は校門の外を指す。
　そこには昨日と同じ黒い車が横付けされていた。
　……乗れってこと?

出来れば全力で断りたい。
だけど昇降口からは今もなお溢れ出てくる生徒達。
……大翔達って、いったい何者……？
こんな騒ぎになって、先生が出てくるのは時間の問題。
早くこの場を収めないと。
それには、あたしが車に乗って消えるしかない。
不本意だけど決意を固めた。
「……わかった……行く……」
　あたしは今日も拉致同然で、車へ乗り込んだ。
「──出せ」
　……思った通り。
　やっぱり車内には凌牙がいて、今日もその言葉が合図で車が発進した。
　昨日と同じ席の配置。
　凌牙は隣にいるだけですごい威圧感がある。
　威圧感もさることながら、よく見ると、男のくせにその美貌にも驚かされた。
　筋の通った鼻は、凌牙の横顔を更に美しく見せる。
　羨ましいほど綺麗に流れる金色の毛先は、開けた窓から入る風に乗って、サラサラと流れていた。
　いい年して不良なんかやってないで、モデルでもやればいいのに。
「いやあ、女子高って香りが違うよね」
　３列目のシートから身を乗り出して、まだ興奮が収まらない大翔。

「俺は、あん中にまみれんのは嫌だって言ったぞ」
　逆に疲れたようにシートにふんぞり返るのは旬。
「そういう旬の方がまんざらでもなかったんじゃね？　第一、優月ちゃんの制服で"カエジョ"だって突き止めたのは旬じゃねーか」
　謎がひとつ解けた。
　制服であたしの学校がわかったんだ……。
　楓女学園は、通称"カエジョ"と呼ばれている。
「黙れ。おかげで優月ちゃんに会えたんだから感謝してもらいてぇくらいだ」
「あーそうだ。会えなきゃ大変なことになってたしなー」
「あの、あたしに何か……？」
　会いたいって、昨日の今日で恋に落ちたとかでもないだろうに。相変わらず大翔と旬は面白い。
　こんな人が身近な友達にいたら楽しいだろうな。
　特殊な空間にいるのに自然と頬が緩む……と。
「昨日ここで何か拾わなかったか？」
　凌牙のひと言が、あたしを真顔に返した。
　昨日と一緒。
　切れ長の鋭い双眼が、あたしの心の中に突き刺さるようだった。
　凌牙に見つめられると、なぜか不思議な感覚に陥る。
　……それがなんなのかは、わからないけど。
「おい。何か拾わなかったかって聞いてんだ」
　黙り込むあたしに答えを急かす。

……何か拾……。
「あ！」
　思い出した。
「そういえば……」
　あの革張りの手帳のことを。
「心当たりがあるのか」
　凌牙がグッと顔を寄せた。
「……っ……」
　この人の目を、まともに見られない自分がいた。
　やっぱり理由は分からないけど。
　大翔と旬も、同じように身を乗り出してくる。
　それはさっきまでの緩んだ表情とは全く違って。
　初めてこの人たちの怖さを知った気がした。
　何かを狙い、完全に『和』をなくした瞳。
　見ず知らずのあたしのために、懸命になってくれた。
　双葉園の人とはまた違う人間だと思った。
　だけど、あたしとも違う人間だということを知った。
　明らかに、陰と陽を持っている。
　完全に敵対した人物に遭遇したときのような目に変化していたから。
　……いつだって、敵になるんだ。
　そんな視線に耐えられなくて俯く。
「ほらほら、そんなに威嚇したら優月ちゃんビックリしちゃうって」
「オマエが一番乗り出してたじゃねぇか」

「ああそっか、悪い」
　旬が大翔のおでこをはたく。
　そんな光景すら、今は愉快になんて思えなくて。
「何を拾った。何を持って行った。ああ!?」
　もはや"不良"なんてレベルじゃなく、まるでヤクザに脅されているかのよう。
　そんな凌牙の言い回しに、心臓が飛び出そうになる。
　言わなきゃ殺されそうな勢い。
　震える口をなんとか開いた。
「……っ。えっと……、て、手帳を……」
「てめぇぇぇぇぇっ……!」
　言い終わらないうちに、凌牙があたしの胸ぐらを掴んだ。
「ひゃあっ!!!!」
「優月ちゃん女！　一般人!!」
　大翔が慌てて止めに入ってくる。
「るせえっ！　黙れ!!!!」
　そんな大翔すらはねのけてしまう凌牙の凄まじさ。
　綺麗だと感じた金色の髪は、狼を彷彿とさせる。
　本気を出したらこんなものでは済まないだろうけど、それを垣間見た気がして、心臓が震えあがった。
「優月ちゃんごめん……あれ、凌牙が命と同じくらい大切にしてる物なんだ」
　かろうじて旬の声が耳を震わせた。
「女もクソも族もカンケーねえっ!!　どうして人のモン勝手に持っていった！」

感情を持ち合わせていないのかとすら思えた凌牙の形相に、あたしはただ戸惑う。
　掴まれた胸ぐらに力が入っていく。
　こうなった凌牙は誰にも止められないのか、大翔と旬も次第に口を閉ざした。
　今まで数えきれないほどの濡れ衣を着せられた。
　小学生の頃。双葉園の子供だからって、物がなくなるとすぐにあたしのせいにされた。
　同じ園で育った奈央に、金を盗っただの濡れ衣を着せられたりしていたのは、まだ我慢できた。
　奈央の気持ちも分からなくもない。
　きっと、外ではあたしと同じ扱いを受けていたんだろうから。
　だけど。凌牙はもういい大人でしょ。
　そんな人に濡れ衣を着せられるなんて、屈辱以外ない。
　外の人間に言われるのはプライドが許さない。
　殴られて蹴られて、あたしだって少しは強くなったんだ。
　至近距離でその双眼をキッと睨んだ。
「言いがかりも、大概にしなさいよ！」
　凌牙の手を、ゴミでも捨てるように払った。
「覚えてないの？　昨日、車が急ブレーキ踏んだ時、あんたが自分で手帳を落としたんじゃないの!?」
「…………」
「あたしだって手提げの中身がばらまかれたの。それを拾って入れただけ。あんたの手帳が落ちてるなんて、あの状況

でどうやって分かる?」
「…………」
「家に帰って気づいたけど連絡先も知らないからどうにもできなかったの。昨日の今日でしょ？　なのに女子高にまで乗り込んでくるなんてみっともない」
「…………」
「一方的に感情を押し付けて人のせいにして。あんた、もういい大人でしょ」
「…………」
「それに今時ド金髪って。高校生じゃあるまいし、そういうの流行らないんじゃない？　頭だけ浮いてるし、やめたら？」
　最後のは、完全なお節介だったかもしれないけど。
「……ゆ、優月……ちゃーん？」
　若干ビブラート掛かった大翔の仲裁が入る。
　静まり返った車内。
　不穏なオーラが漂ってるのは分かる。
　凌牙に逆らったらマズいっていうのも雰囲気で察した。
　だけどね。
「双葉園の人間だからって見下さないで！」
　それが、一番悔しいの。
　腹黒い胸の中でバカにしてるんでしょ。
　こんな人のために泣くなんて不本意だけど。
　ジワジワと涙があふれてきた目で凌牙を見据える。
　凌牙はジッと見つめ返して来たけど、何も反論しては来

なかった。
　だけどムカつくほど、その瞳が綺麗で。
　演技なのか分からないけど、どこか憂いを帯びたように見えた凌牙の顔を、錯覚だと自分に言い聞かせる。
「……申し訳ありません」
　車内のどこからか、ボソッと謝る声が聞こえた。
　……？
　誰が謝ってるの？
　謝らなきゃいけないのは目の前のこの――。
「私が急ブレーキを踏んだばかりに……」
　――ハッ。
　それが運転席からだと気づいたとき、少しだけ後悔した。
　ことの発端は、運転手の急ブレーキだと遠まわしに言ったようなものだから。
　……すると。
「山科は気にするな。……俺のせいだ」
　あ。認めた……？
　山科さんという名前らしい運転手を擁護した後、確実に聞こえた。
「…………悪かった」
　そっぽを向いたままの凌牙だけど、その口は再び謝罪を告げた。
「ひぃぃぃぃぃっ……!!」
「凌牙が……謝った……？」
　旬と大翔は、まるで宇宙人にでも遭遇したように驚いて

いた。
「驚き過ぎだろうが」
　凌牙は腕を組んでシートにふんぞり返る。
「⋯⋯17だ」
　そしてボソッと口にした。
「17って、何が？」
　あたしに向かって言われ、なんのことかと復唱する。
「年だ」
「⋯⋯っ!?」
　じゅ、じゅうなな⋯⋯？
　って、あたしと一緒の17歳!?
　じゃあ⋯⋯高校生なの⋯⋯。
「み、見えない⋯⋯」
　思わずそう言うと。
「黙れ」
　睨まれた。
　その瞳で睨まれるほど怖いものはない。
「い、いやっ⋯⋯落ち着いて見えたから⋯⋯」
　褒め言葉だったのに。
「ちなみに、俺も凌牙とタメで高2の17歳」
「俺は早生まれだから、まだ16〜」
　なぜかすごく楽しそうな旬と大翔。
　なんだ、みんな同い年なんだ。
　急に親近感が湧いたところで。
「で、」

仕切り直すように凌牙が口を開いた。
「今、手帳は持ってるか？」
「持ってない……家に置いてある……」
「家だと……？」
　凌牙のこめかみに青い筋が走った。
「すぐ取ってくるから。連絡先だけ教えてもらえれば……あ、じゃあ電話番号……」
　鞄からスマホを取り出す。
「スピード上げろっ！」
「きゃっ……」
　スマホが吹っ飛んだ。
　体が大きく揺れて、シートの背面に叩きつけられる。
　な、なんなの……？
　この車は、遊園地のアトラクションよりよっぽど怖いかもしれない……。
　どうやらこのまま双葉園に向かうみたい。
　大通りの真ん中で無理なUターンを決め込んだこの車は、法定速度をはるかに超えているであろうスピードで、白昼の通りを駆け抜ける。
　歩行者たちは煙たそうな目でこの車を見ていた。
「すげえ。凌牙に番号聞いた子初めて見た」
　ハイ、と後部に飛んだスマホを返してくれる大翔は、なんだか面白いものでも見つけたような目。
「あんた呼ばわりしたのもな」
　旬も悪ノリする。

そんなこと言われても、凌牙がどんな人物なのか知らないし、そもそも大翔達だって……。
「あの、あなた達っていったい……」
　改めて車内を見回して状況を確認した。
　当たり前のように、運転手つきの車に乗って。
　どう見たって、普通の高校生じゃない。
　本当なら一番に聞くべきだった。
　その問いに答えてくれたのは旬。
「灰雅」
　……えっと。
　それだけ言われても返答に困った。
　今日何度か聞いた単語。
　だけど詳しいことは何も知らないから。
　あたかも誰でも知っているかのように言われた言葉に、なんて返事していいものか迷っていると、今度は大翔が口を開いた。
「優月ちゃん、もしかして灰雅知らない？」
「うん……」
「結構有名な族なんだけど」
「ごめん……知らない」
「そっか。灰雅ってのは全国にも支部がある大規模な族。今、全国で一番の勢力を持ってんだ。俺達のところが総本部で、凌牙が総長」
「総長……」
　ピンと来なくて復唱だけしたあたしに、大翔が分かりや

すぐ補足してくれる。
「トップって言ったら分かるかな。凌牙は本部だけじゃなくて、全国支部を統括(とうかつ)するそのトップも兼任してる。"総"総長ってとこだな」

　サラッとすごいことを言われた気がする。
　一番勢力が大きくて。全国にも支部があって。
　そのすべてを統括してるのが。
　目の前の凌牙……？
　その人に向かって、あたしどんな口叩いてた？
　……面白がられて当然かもしれない。
　３対10で、昨日の不良を撤退させた理由も頷けた。
「はあ……」
　なかなか頭がついていかない。
　とりあえず、この人達はものすごい存在みたい。
　クラスの女子達が憧れるのはそういう理由か。
「あの、希美……さっき電話を掛けた友達とはどういう関係？」

　深く関わるつもりはないけど、このくらい聞いておかないと明日が面倒だから。
「ああ。学校のヤツがついこの間、カエジョの子と合コンしたらしくて。優月ちゃん探そうと思って、誰でもいいからカエジョの子の番号聞いて掛けたんだ。そしたらちょうど友達だったんだね！」

　大翔は親指を立てる。
　"背中にタトゥーの彼"とは、知り合いみたいだ。

ふと見ると、みんな黒の学ランを着ている。
　凌牙の美貌に気を取られて気づかなかったけど、凌牙も同じものを着ていた。
「この制服って……」
「ああ、俺らジャン高」
　ゾクリ、と背筋に悪寒が走った。
　通称、雀高。
　――雀谷高校。
　奈央や双葉園の人間が通う、あの悪名高い不良高校だ。
「どうかした？」
　大翔の問いかけに、思わず下を向く。
「あ、ううん……別に……」
　じゃあ、奈央とも知り合いだったりする……？
　――双葉園までは、もうすぐだ。

差し伸べられた手

「さっさと取って来い」
　昨日と同じ場所で車は停まり、あたしは降りて園まで駆け出した。
　"最強の暴走族"。
　それはあたしとは無縁の世界で、理解しろと言われたってきっと難しい。
　……だけど。
　手帳を返したら、今度こそ彼等との関わりがなくなる。
　そう思うと少し淋しい気がした。
　大翔と旬は暴走族だと言われなければとてもいい人。
　出来れば普通に出会いたかったな。
　──バタン。
　自分の部屋を開けて、その光景に驚愕した。
　まるで泥棒（どろぼう）が入ったような後の部屋。
　床にはあらゆる物が散乱していた。
　本、ノート、服、下着までもが。
「ちょ……っと」
　そして部屋の中央には……祐介（ゆうすけ）の姿。
　祐介はひとつ年下で、奈央があたしに制裁を加えている間、見張り役をさせられている男。
「何……してたの？」
　声が震える。

「ロクなモン持ってねえのな」
　祐介は散らばったものを蹴り上げた。
「やめてよっ！」
　舞い上がるノートや紙類に困惑して、声をあげた。
　こんなマネをされたのは初めて。
　だけど、今日は奈央の差し金じゃなさそうだ。
「なぁオマエ、金持ってねえ？」
　肩から掛けた鞄をひったくるように奪われる。
　そして祐介は、中を漁り始めた。
「お金なんて持ってるわけないじゃん！」
　だけどその手には財布がしっかり握られていて、なけなしの２千円を抜き取られた。
「金持ってかねえと、先輩にやられちまうんだよ」
　シケてんなぁ……ニヤリと笑う口元からそんな言葉を零しながら、２千円はしっかり祐介のポケットへ。
「それで十分でしょ。出てって！」
　祐介の事情なんて知らない。先輩にやられちゃえばいい。
　部屋をあとにしようとする祐介を見ながら、１秒でも早く出て行って……そう息を殺しながら願っていたのに、祐介の視線が何かを捉えた。
「お？」
　眉毛を上げて〝何か〟を拾う。
　あっ……！
　それは、床の散乱物に紛れていた凌牙の手帳だった。
「それはダメ……っ」

「離せよ」
「返してっ……！」
　それは凌牙の──。
「どうしたんだよ。こんな高級な手帳」
　祐介にも本物だと分かる手帳の石は、夕日に照らされて一層輝いていた。
「パクって来たのか？」
　祐介は手帳を手に打ち付けながら、ニヤリと笑った。
「違う……それは人のもので返さなきゃいけないの！」
　お願いだから、触らないで。
　あたしの体に緊張が走る。
「へぇ～高く売れそうなのに」
　……早く、返して。
　恐る恐る腕を伸ばす。
「……っと」
「やめてっ！」
　最後はひったくるようにして、取り返した。
　……よかった。
　今この部屋で守らなきゃいけないのは、唯一その手帳だったから。
「オマエさ、マジ気に食わねえんだよな」
「きゃっ……！」
　すると、祐介はあたしの頬を殴り、そのままベッドに体を押し倒した。
　そして、セーラーのタイを引きちぎり、胸元を無理やり

広げようとする。
「やっ、やめてっ……!」
「黙れ!」
　覆いかぶさった祐介は、あたしの力で跳ねのけることなんて出来なくて。
　あたし、このままどうなるの……!
　されるがままなんて絶対に……嫌!
　なんとか必死に抵抗を試みていると。
「何を騒いでるの!!」
　部屋の外から職員の声が聞こえた。
　同時に、動きを止める祐介。
「チッ……」
　舌打ちした祐介は諦めたらしく、あたしをそのまま放置して部屋を出ていった。
　あたしはベッドに体を横たえたまま、しばらく放心状態でいた。
　……怖かった。男の力を知った。奈央達の制裁が、どれだけ甘いものだったのかを知った。
　あたしが必死に抵抗したところで、男が本気を出したらかなうわけないんだ……。

　どのくらい時間が経ったんだろう。
　まだ明るかった日はどっぷり暮れて、窓ガラスに醜い姿が映った。
　腫れた顔。

引きちぎられたタイに、シワだらけのセーラー服。
　殴られた頬がジンジンする。
　口の中は切れて血の味がした。
「……あ」
　うつろな瞳に、床に投げられた手帳が映った。
　……凌牙。
　外で待っててもらってるんだった。
　……すっかり忘れてたよ。
「もうこんな時間……。どうしよう……」
　部屋の時計は夜の８時を指していた。
　あれから３時間くらい経過している。
　……待ってるわけないか。
　暴走族でも、さすがにここには乗り込まないんだ。
　小さい子もいるし、助かった。
　だけど怒り狂って、次は学校に凌牙自ら乗り込んでくるかもしれない。
　命同然の大事な物みたいだし。
　──だけど。
　もしも、もしも、待っていたら……？
　思い立ってガバッと飛び起きる。
　広げられた胸元を合わせてから、手帳を持って部屋を飛び出した。
　外はもう真っ暗だった。
　虫の音が聞こえるだけで、畑だらけの辺りには車どころかひとっこひとり見当たらない。

昼間はそこそこ車の往来があるけど、夜は本当に人気のない場所。
　　さっき降ろしてもらった場所まで歩いて行くと、もう車はなかった。
　　……帰って当然だ。
「バカみたい」
　　誰かがあたしを待っていてくれるなんて。
　　期待することなんて、もうやめたはずだったのに。
　　双葉園に預けられた後、お父さんの妹だという人が一度訪れた。
『あなた達を受け入れる準備が整ったら必ず迎えに来るから。待っててね』
　　あたしはずっと待ってた。だけど来なかった。
　　いつからか待つことをやめた。
　　人に期待することなんて、やめたんだ。
　　その時。
「おせーよ、優月ちゃん」
　　暗い夜道に相応しくないほどの明るい声が聞こえた。
　　…………え……。
「昼寝でもしちゃった？」
　　シャカシャカと鳴るビニールの音が近づいてくる。
　　……大翔……？
　　ひとつだけある街灯の下にその姿が現れたとき、あたしは無性に泣きたくなってしまった。
「灰雅幹部の名が聞いて呆れるぜ。パシリなんてやったこ

とねえのに」
　大翔は、パンパンに膨れたコンビニの袋を持ち上げる。
「今夜のメシはパンと牛乳らしい。張り込みの刑事かっつうの！」
　質素なメニューに文句を言って。
「しかもコンビニすげえ遠いし！　何この田舎！　マジ疲れた」
　更に不満を口にする。
「ひろ……と……」
　昨日あれだけ走っても息が上がってなかった大翔に疲れたなんて言われても、全然説得力ないよ。
「うっ……ううっ……」
　目的は手帳だって知ってる。
　それでも、あたしを待っててくれた。
　それだけが嬉しくて、その場にしゃがんで泣き崩れる。
　大翔は自分の上着を脱いで、あたしの肩にそっと掛けてくれた。
「……行こう。凌牙が待ってる」
　あたしは黙って頷き、大翔と一緒に車まで歩き出した。
　きっと怒られるだろうな。
　そう思った通り、車のドアが開いた瞬間、低い声が飛んできた。
「いったいいつまで待たせ……」
　けれど、言葉はそこで途切れた。
　いや、出なかったんだと思う。

腫れた顔に、まだ少し乱れた制服。
　こんな格好で出てきたあたしもあたしだけど。
　……だって、本当にいると思わなかったから。
　言葉をのんだ凌牙に、無言で手帳を差し出した。
　受け取った凌牙は中身を確認した後、大事そうにブレザーの内ポケットに収める。
「見てないだろうな」
「……見てない」
　パラパラしたけど、読んではいないし。
「誰にも見られてないだろうな」
「……見られてない」
　祐介だって、あの時初めて手帳の存在に気づいたんだろうし、他の人に見られてる可能性はない。
「本当だな」
　正面を向き、あたしに目を向けない凌牙は、きっとあたしなんか見たくないんだと思う。
「……うん」
　こんな、醜い姿。
　あたしって、本当に、厄介な女……。
　一瞬だけ温かくなった心は、また冷たい氷で覆われる。
「……じゃあ」
　踵(きびす)を返そうとしたあたしを、旬の声が止めた。
「優月ちゃん乗って？」
「えっ……」
「口の横、切れてる」

切れてる……って。
　確かに切れてはいるけど……。
「ほら」
　戸惑うあたしに、旬が車の中から優しく手を差し伸べる。
　——そんなことしてもらう筋合いはない。
　昨日の傷はそうだったとしても、今日のこれは旬達には関係ない。
「いらない」
　そんな優しさなんて、いらない。
　すぐに消えてしまう優しさなんて、もらっただけ後がつらいから。
　唇をグッと噛みしめ、去ろうとすると。
「……いいから来い」
　相変わらず正面は向いたままだけど、さっきまでの威圧感は全くなく。
　ボソッと呟いた凌牙が、奥へ腰をずらした。
　その規模は想像もつかないけど、暴走族のトップだという凌牙。
「…………ん」
　やっぱりこの人には逆らえない何かがあって、それでこそ、組織のトップに立つ人間なんだろうと理解する。
　旬に手を引かれるまま、車の座面に腰をおろした。
「いたっ……」
「ちょっと我慢して。女の子なんだから、顔に傷が残ったら色々マズいだろ？」

「……ありがとう……」
　唇や口の端が切れていて、そのひとつひとつを旬が丁寧に手当てしてくれる。
　大翔と二人三脚でテキパキとこなす姿は、看護師になれるんじゃないかと思うほど。
　……暴走族なんて、きっと生傷の絶えない世界。
　自然に身につくのかな。
　そんなことをぼーっと考える。
　旬も大翔も、無駄口を叩くことなく手当てに集中してる。
　耳には、外で鳴いている虫の声。
　車の中は怖いくらいに無音だった。
　……どうして、誰も何も聞かないの……？
　さっき普通に車を降りたあたしが、数時間後にこんな姿で現れたのに。
　聞かれないことが逆に恐ろしかった。
　間が持たなくて、言い訳した。
「すぐ戻ってくるつもりだったの……ほんと。部屋に入ったら中が荒らされてて……。祐介……ひとつ年下の男なんだけど、昔は仲良かったのに……」
　旬が手を止める。更に無音になった気がした。
　でも続けた。
「金を持って来いって先輩に言われたみたいで……２千円取られて……。でも、それじゃ満足しなくて、ベッドに押し倒されて……」
「黙れ」

「……っ」
 ひどく冷たい声に、あたしの肩が反射的にビクッと持ち上がる。
 頼まれてもいないのにベラベラ喋ったから……？
 ３時間も待たされたから……？
 凌牙のイライラは、いつからどう続いているのか分からない。
「……いい……？」
 気遣(きづか)うように聞いた後、静かに頷いたあたしに旬が再び薬を塗(ぬ)っていく。
 車の中には、さっきの余韻(よいん)がひしひしと残っていて、あたしは怖くてたまらなかった。
「終わったよ」
「……ありがとう」
 丁寧に頭を下げた。
 これで本当にさよならだ。
 見てないだろうけど、凌牙にも頭を下げてドアに手を掛けたとき――。
「出せ……」
 凌牙が言い、すぐエンジンが掛けられ車が静かに動き出した。
 あまりに一瞬の出来事で、あたしは降りそびれる。
「ちょっと……!?」
 手帳を渡したらすぐ別れるつもりが、傷の手当てまでしてもらって、今度こそ一緒にどこかへ向かう意味なんてな

いのに。
「戻りたいのか？」
　静かに揺れる車内。あたしを見ずに、凌牙が口を開いた。
　問われている意味が分からない。
「もう一度だけ聞く。あそこに戻りたいか？」
　そんなこと聞かれても。
　あたしはなんて答えればいい？
　……戻りたいわけがない。
　それでも。
　あんな地獄(じごく)みたいな場所でも、あそこを失ったら、あたしは行く場所がない。
「オマエの居場所はあるのか？」
　あたしの、居場所。そんなものない。
　双葉園だけじゃなくて、学校にも。
　答えに詰まるあたしに。凌牙がゆっくり首を振る。
　視線と視線がぶつかった。
「俺がオマエの居場所を作ってやるよ」
　落ち着いた、初めて聞く優しい声……。
　少しだけ細めた目は、夕方見たものと同じ、憂いを帯びていた。
　なんでそんなことを言ってくれるんだろう、なんて疑問、あたしには浮かぶ余裕もなく。
　昨日。
　あたしがこの車に乗った瞬間から、何かが動き出していたのかもしれない。

少しずつ、運命が狂い……ううん。
　……運命に導かれていたのかもしれない……。
　彼等の世界がどんなものかはわからないけど、ここより地獄なんてないはず。
　だから。見てみたい気がした。
　彼らの居場所を……。
「戻らなくて、いいな」
　強制的に誘導する言葉に、あたしは静かに首を縦に振っていた。
「……戻り……たくない……」
　そして、はっきり目覚めた感情を力強く口にした。
「だったら……」
　凌牙の澄んだ瞳があたしをとらえる。
「俺を信じて、オマエのすべてを俺に預けろ」
　こんなに魔力のある瞳、今まで出会ったことがあるだろうか。
　なのに、どうしてかとても懐かしさを感じる瞳。
　それは今まであたしに注がれた中で、一番真っ直ぐで。
　心が、揺れた。
　……この瞳を信じたい。
　だけど、今まで散々裏切られてきた。
　簡単に信じていいの……？
　そう思い、目を伏せたあたしを、目の前の双眼は許してくれなかった。
「……優月」

伸びてきた手はあたしの顎に添えられる。
　有無を言わさず顔を持ち上げられ、あたしの目には再び凌牙が映って——。
「信じられるものがないなら、俺が信じさせてやる」
　……あたしの唇に、自分の唇を重ねた……。

居場所

　心地いい振動と、柔らかくて温かい感触……。
　……何かに抱かれたような。
　もう少し、このままでいたい……。
　やがて、暗がりの中で開いた瞳。
　ここはどこだろうと視線を辿ると、一際整った鼻筋が見えた。
　ええ……と……。
　半分寝ぼけた思考をフル回転させていく中で、次第に記憶が戻ってくる。
　……あたし……祐介に……。
　そして、旬と大翔に車で手当てしてもらって……。
　…………で……。
　この人は、凌牙。……柔らかい感触。
　ということは。
　……ここは凌牙の膝の上!?
「うわあっ！」
　一気に目が覚めて飛び上がると、あたしがいたのはやっぱり凌牙の膝の上だった。
　うるせえな、って感じの流し目が注がれる。
「あたし……」
　どうしたんだっけ……。
　視線を泳がせたあたしに、大翔が爆弾発言をした。

「優月ちゃん、凌牙にキスされて失神したんだよ。そのまま凌牙の膝にぶっ倒れたから、凌牙も動くに動けなくて」
「……っ」
　そう……。あたし、凌牙にキスされたんだ。
　"俺が信じさせてやる"……甘い囁きが蘇る。
　凌牙の唇があたしに触れた瞬間、体中に電流が走ったように感じたのを思い出した。
　何かの殻から解き放たれたように熱が走って。
　そこから先の記憶がない。
「そりゃ、凌牙にキスされたら失神するよな。俺だってキス見てるだけで失神しそうになったぜ。つか、凌牙のキスシーンなんてプレミアもんだろ」
「……っ……」
　キスキスって……お願いだからその単語を連発しないでよ、旬。
　悪気はないんだろうけど、どうも悪ノリしている気がしてたまらない。
　……凌牙のキスの意味。
　分かるようで分からない。
　キスしたから、運命共同体……みたいな……？
　少しは繋がりがある……みたいな？
　凌牙はああやって誰にでもキスするの？
　重なった唇に指で触れて、モヤモヤする胸中で考え込む。
「２時間押しだな」
　キスなんて、なんでもなかったように呟く凌牙はチラリ

と車内のデジタル時計に目をやった。
　かなり深刻そうな顔。
「……何か……あるの？」
　凌牙にはなんとなく聞けなくて、振り返ったあたしに大翔が教えてくれた。
「何かあるどころじゃないよ。今日は集会なんだ。言ったろ？　全国に支部があるって。今日は関東に属してる灰雅が集まる、結構大きい集会になるんだ」
「集会……」
「走るんだよ」
「走る……」
「んー。つまり、俺達の腕の見せどころ？」
「腕の……」
「暴走だ」
　オウム返ししか出来ないあたしに、意味を明確にしてくれたのは凌牙の低い声。
　……そうだ。
　この人達は暴走族だった。ただの不良ともわけが違う。
　一般市民にとっては迷惑でしかなくて、『根絶！暴走族！』という立て看板を見かけることもある。
　通行人の白い目を思い出して、心がチクリと痛んだ。
　彼等を選んだあたしは、暴走族にも加担することを意味するから。
「優月ちゃんも走ってみる？」
　未来に少しの罪悪感を持ちながら考えに耽(ふけ)っていると、

あり得ない大翔の誘いが耳に届いた。
「ええっ!」
　走るって、バイクで!?
「ムリムリ!　あたし免許なんて持ってないし」
　そんなの絶対に無理。
　ビックリして、首をフルフルと横に振る。
　冗談にもほどがある。
「誰が運転しろっつった」
　大翔に言ったのに、返ってきたのは真横から。
「だって……」
「オマエはただ車に乗ってりゃいいんだよ」
「え……」
「……俺の隣で」
　そう言った凌牙の声に、少しだけ胸が疼くのを感じた。

　車は港へ向かっていた。
　海沿いにある古いコンテナ埠頭。
　いかにも暴走族が溜まるに相応しい場所に、あまり驚きはなかった。
　──が。
　細い道を通り抜け、開けたある一角に見える無数のライトに目を細めた。
　ズラリと並ぶバイクや車。それと同様の人の数。
「優月ちゃん、ここが灰雅の本部だよ」
　旬がそう説明してくれる。

バイクのエンジンを吹かす人。
　スマホで話してる人。タバコを吸ってる人。
　カラフルな頭達が、２時間押しだというこの場で思い思いの時間を過ごしていた。
　白い服を着た数人の男が、輪になって話をしているのが見えた。
「は、白衣……？」
　ほとんどの人が黒い服を着ている中、白い服の人は全体を見ても数える程度。
「プッ！」
　大翔が吹き出す。
「白衣っていうと、どうしても給食当番しか思い出せねーんだけどっ！」
　親指を立てて『ナイス優月ちゃん！』と笑う。
　あれ……あたし何かおかしなこと言った……？
「あれは特攻服。黒いのが一般メンバーで、白いのが幹部以上。そこで溜まってんのは支部の総長達だな」
　無知なあたしに旬が教えてくれる。
「特攻服……」
　なるほど……ってことは。
「旬達も、白い特攻服を着るの？」
「ああ」
「惚れんなよ！」
　ちょっと意味不明な大翔の言葉に、今度はあたしが吹き出した。

「あははっ」
　旬や大翔といると、心が落ち着いている自分に気づく。
　自然と笑えてる。
　あたしの選択は正しかったんだって、早くも少しだけ思えた気がした。
　車は群衆（ぐんしゅう）の中をゆっくり進んでいく。
　すると、あたしの視界から肌色が消えた。
　見えるのはカラフルな頭と黒い特攻服だけ。
　――全員が、この車に向かって頭を下げていたから。
　ええっ!?
　とんでもない扱いに、目を丸くする。
「す、すごい……」
　これだけの人数がひれ伏すなんて、灰雅の"総"総長がどれだけの権力を持っているかを思い知らされた。
　やがて車が停まると、ひとりの男が近づいてきた。
　この人は、特攻服ではなく黒いスーツを着ていた。
「テル、やっといてくれたか？」
「ああ。後は俺に任せておけ」
　ドアが開き、"テル"と呼ばれた彼と凌牙はそんなやり取りをする。
　旬、大翔と続いて降りていくから、じゃああたしも。
　と、地面に足を付けた瞬間、バッ……とそろった音が聞こえた。
　外にいたメンバーが、一斉にあたしに顔を向けたのだ。
　目を見開いて、それは唖然（あぜん）とした様子で。

な、何……？
　ものすごい数の強面たちに視線を注がれ、顔が強張る。
「……っと、キミはこのまま中にいて」
　すると"テル"に押し戻されるような形で、あたしは車内へ逆戻りし。
　そのまま彼も車に乗り込んできた。
　――バンッ！
　勢いよく閉まるスライドドア。
「今キミが降りたら、この場が混乱する」
　３人が降りてしまい、車には"テル"と２人きり。
　また初めての人物に、緊張が襲う。
「そ、そうですね……」
　あたしみたいな小娘が、これだけのメンツを従えてる総長の車から降りるなんて。
　失礼だとは思ったけど、ジロジロと観察させてもらった。
　染めたようには見えない、自然な栗色で流しっぱなしの髪。奥二重のキリッとした目は、とても知的に見えた。
　凌牙と同様、独特なオーラを放っている。
　暴走族になんて、到底見えない。
　人は見かけによらないっていうけど……。
「なんだ？」
　ずっと見ていたから感じが悪かったのかもしれない。
　顔を動かさないまま、瞳だけが動いた。
「あの……あなたは……」
「それ、こっちのセリフだよな」

……間違ってない。
　長い脚をサラッと組み変えながら言う仕草に、大人の色気を感じた。
「森嶋……優月といいます」
　おどおどしながら名乗ると。
　彼は、初めてあたしにジッと視線を注ぎ……なんでもないようにまた前を向いた。
　歳、いくつだろう。
　この人こそ確実にハタチを超えていそうだけど、凌牙で失敗してるからうっかり聞けない。
　これで高校生だと言われたら、世の中詐欺だらけだと疑いたくなる。
　そういえば、昨日の大翔と旬の会話で『テルさん』という名前が出てきていたのを思い出した。
　じゃあ……やっぱり年上なんだ。
　2人とはタイプがちがう。
　フレンドリーに話せる雰囲気は全くない。
　無口なの……？
　それともあたしと話すのが面倒……？
　彼から話しかけてくれる気配もなく、あたしはおとなしく車に揺られていた。
　また倉庫みたいなところに連れて行かれるかと思いきや、予想は外れた。
「降りて」
　そう言われて車を降りる。

目の前には打ちっぱなしのコンクリートでできた長方形の建物。
　１階、２階、３階と分かれるように窓が設えてあるのを見れば、居住空間なんだろうと思う。
「これは……なんですか？」
　そのくらい聞いても大丈夫だよね？
　と思いながらも恐る恐る聞いたあたしに、今度はちゃんと答えてくれた。
「家だ」
　そう答えるテルさんは天然なんだろうか。
　そんなのは見てわかる。
「それはなんとなくわかるんですが……」
　知りたいのは、この家がなんなのかということだ。
「入ればわかる」
　そう言ったテルさんは、鍵を開けて中へ入った。
　おとなしく後についていく。
　それにしても、さっきからあたしのことを見てもくれないテルさん。
　そんなにあたしが煙たい？
　……この人苦手。
　ものの５分でテルさんの印象がそう決まる。
　聞きたいことはいっぱいあるけど、後で大翔にでも聞けばいいや。
　中は外見とは違って普通の家のようで、玄関から一番近い扉を開けるとそこはリビングになっていた。

しかも、すごく広い……。
「うわっ……」
　普通の家……じゃなかった。
　基準にしていいのか分からないけど、双葉園の食堂より広いキッチンに、多目的スペースよりはるかに大きいリビング。
　家具だって、その辺のホームセンターに売ってるようなものじゃないって分かる。
　テレビで見る高級住宅のような内装に、ただただポカンと口を開けた。
「ここに俺達が住んでる」
「はっ!?　俺……達……？」
「凌牙と旬と大翔」
「えっ……」
「つまり灰雅の軸となるメンバーだ」
「みんなで……？」
　いくら暴走族だって、しょせん高校生だから親もいるだろうし、みんなで生活してるなんて思ってもみなかった。
「何か？」
「いえ、あのっ……暴走族っていったら……」
「洞穴みたいなところに溜まってるとでも思ったか？」
　テルさんが初めて笑った。
「ぶっちゃけちゃうと……そうです」
　だって、こんな素敵な空間で喧嘩や暴走の話をしてるなんて想像つかない。

物騒なことを考えたら罰当たりな気がする。
「確かに倉庫にも溜まるが、幹部だけの会議ならここですることもある」
「はぁ……仲がいいんですね」
「フッ……」
　テルさんは鼻で笑った後、とんでもないことを言った。
「キミもだよ」
「え？」
「キミもここに住むから」
　…………は？
「優月って言ったか……今日からここが優月の家だ」
　さすがに言葉が出なくなった。
　"居場所"って……ここなの!?
　あたしは凌牙と……いや、凌牙達と一緒に住むの!?
「嫌か？」
「えっ……嫌だなんてそんなっ……」
　そもそも断る権限なんてない。
「上には各々の部屋があるから大丈夫だ」
　個室を与えられるから大丈夫とかいう問題じゃない。
　てっきりあたしはさっきの溜まり場みたいなところで寝起きするんだと思っていた。
　誰にも干渉されずに自分だけの世界で。
　それがあたしの居場所、だと。
　そして、たまに凌牙たちと共有する時間を持てたら。
　それだけで……それだけで十分なのに……。

「それより……」
　テルさんが気まずそうにあたしに視線を注いだ。
「走りに行く前に風呂に入って来てくれ」
「お風呂……」
「その格好じゃな。着替えてから向こうに戻る」
　その格好……？
　ふと、自分の格好に目をやって。
「わっ……‼」
　とんでもない格好をしている自分に気づく。
　セーラー服の胸元は広がりっぱなしだし、タイだって不自然に切れている。
「ごっ、ごめんなさいっ……」
　自分がどんな格好をしてるかすっかり忘れていて、今更胸元に手を合わせた。
　……襲われそうになったあと、そのまま飛び出してきたから。
「そうさせるよう、凌牙に言われてる」
　あたしが意識を失っている間に、テルさんに頼んでくれたのかな。
　あたしは逃げるようにして、お風呂に駆け込んだ。
　お風呂をすませると。
「アンタ、誰」
　また新しい顔がそこにはあった。
　……まだ他にもいたんだ……。
　だけどもう、それほど驚かない。

「あなたも……灰雅の幹部さんなんですか？」
　……にしては、随分(すいぶん)若い気がする。
　若いなんて言い方おかしいけど……。
　言葉を変えたら幼いという方がぴったり。
　髪は銀色だし目つきもかなり悪いけど、根本的なあどけなさは隠せてない。
「和希(かずき)は幹部ってより、特別枠だな」
　パソコンをいじっていたテルさんが顔を上げた。
「特別枠……？」
　どんな……？　そう聞こうとしたとき。
「つうかそれ、兄貴の服じゃねぇか」
「兄貴……？」
　不思議な言葉を耳が拾って、和希と呼ばれた彼を見る。
　和希は不満げにあたしの格好に目を落としていた。
　年下だろうに、生意気にも身長はあたしより高い。
「あ、これ……？」
　あたしが着ているのは、脱衣所に置いてあったＴシャツとハーフパンツ。
　お風呂に入る前、テルさんにこれを着るように言われたから。
　ぶかぶかすぎてワンピース状態だけど、あの乱れた制服を着るわけにもいかずに借りたのだ。
　それより兄貴って……。
「和希は凌牙の弟だ」
「そうなんですか!?」

テルさんの言葉に、不貞腐れた顔で壁にもたれる和希に目をやる。
　唇を尖らせている姿は、どっからどう見てもただのガキ。
　言われてみれば、横柄な態度が凌牙に似てなくもないけど……。
「何か文句あんのかよ」
「……別に」
　あたしは首を振る。
　……この服、凌牙の、なんだ。
　なぜかまた、胸が疼く。
「和希もここに住んでる。まだ中２だ。だから優月も色々面倒見てやってくれ」
「はっ!?　テルさん、コイツここに住むの!?」
　あたしに振った言葉に反応したのは和希。
　"それだけは御免だ"という、動揺した声と殺気立つ目で。
「そうだ」
「どうしてだよ！」
「凌牙が決めたことだ」
「……っ」
　和希が唇を噛む。その表情を見て、和希にとっても凌牙は絶対なんだと察した。
　……兄弟だって、凌牙には逆らえないんだ。
「だからってこんな得体の知れない女！」
　それでも足掻く和希は、あたしに向かって指をさす。
　"得体の知れない女"。

……昨日、凌牙にも言われたな。
　さすが兄弟。
「それは凌牙が知ってる。十分だ」
「テルさん!!」
「和希もいい加減着替えろ。置いてくぞ」
　言い切ったテルさんは、ソファに引っ掛けてあった白い特攻服を和希に向かって投げた。
　おとなしくそれに袖を通す和希。
　でも、かなり不服そうに。
「和希って呼ぶね。あたしのことは好きに呼んでいいから」
　気に入られなくても、一緒に住むことは変わらないんだし。ここはあたしが大人になろう。
　和希はあたしの顔も見ず、黙々と着替えに専念している。
　多分無視してるんだろうけど、こういうシチュエーションは逆に得意だったりする。
　昔は、小さい子の面倒を見るのが得意だったから。
「あたしの得体教えてあげる」
　和希が、わずかに顔を上げた。
「あたしね、小さい頃に両親が死んじゃって、ずっと施設で育ったの」
　テルさんの視線も感じた。
「小さい頃はイジメとか偏見とか。そんな中で生きてきた。今でも……施設では毎晩のように仲間だと思ってた人に暴力を振るわれて。結局あたしはそこから逃げられないし、耐えるしかなかった……」

和希と視線が合う。
「そんなときに凌牙に出会って。居場所を作ってやるって言われて、ここに連れてきてもらったの」
「……兄貴が……？」
　その目から、少しだけ敵意が消えた気がした。
「うん。まだ出会ったばかりだけど、不思議と凌牙には何か引き寄せられるものがあったの……。この人は、信じられるかもしれないって」
　キスされた、なんてことは言えないけど。
「だから和希とも仲良くしたい。あたし小さい子達の面倒見るのは好きだったの。だからお姉ちゃんだと思っていいから！」
「……俺、小さくねーしっ……」
　フンッとそっぽを向く和希。
　……もしかしたら和希や凌牙も、親がいないのかもしれない。
　だから凌牙と一緒にここに……。
　双葉園にいた、和希と同じくらいの年の子の顔を思い浮かべた。
　反抗して突っ張って。
　だけどみんな心は綺麗な素直な子。
　きっと、和希だって根はいい子なはず。
　時間がかかっても、あたしは和希と分かり合いたい。
「兄貴のことなにも知らねークセに。知ったらオマエだって……」

「和希ッ!!」
 テルさんの怒号に、ビクッと和希の肩が震えた。
 遮(さえぎ)ったのは、まずい話を止めようとしたからだというのは、明らかだった。
 いくら突っ張っている和希でも、テルさんにはかなわないのか、それ以上口を開くのをやめた。
 横に短く息を吐いて、仕方なさそうに特攻服のボタンを留めた。
「行くぞ」
 ちょうど着替え終わった和希の背中をテルさんが押す。
 ……何を言おうとしてたんだろう。
 話の続きが気になったけど、
「優月も」
 チラリと視線を落とされて、黙って2人のあとについて行った。

総長君臨

　車から覗く埠頭は、さっきとはまた表情を変えていた。
　地割れするような爆音が一帯を支配し、その音はこれから始まるショーの序章のようにも感じた。
　同じ方を向いたバイクや車たちが、出発を今か今かと待っている。
「そのうざい貧乏ゆすりやめろよ」
　隣に座った和希が、落ち着かないあたしに苛立ちを募らせた。
「これ貧乏ゆすりじゃなくて震えてるの」
「は？　もっと駄目だろ」
　バカにしたような口調に多少イラッときたけど、反論する余裕もないから無視しておいた。
　今日の今日まで暴走族と無縁の世界にいた一般人のあたしが、この群衆を見て怯えないわけがない。
　お世辞にもカッコイイなんて思う余裕はなかった。
「ビビってんならこんなとこ来んな」
　だんまりを貫くあたしに、調子に乗る和希だったけど。
「和希、いい加減にしろ」
　結局はテルさんのひと言でそれも終息した。
　車は大きな倉庫の前で停止した。
「すぐに旬をよこすからここを動くなよ」
　車を降りると、テルさんはそう言い聞かせ、和希とどこ

かへいってしまいあたしは放置された。
　どこを見渡しても、族、族、族……。
　初めての世界に圧倒される。
　いったい何人いるんだろう。
　何百人……。もしかしたら、単位が違うかもしれない。
　見物人らしき人もいる。
　クラスメイトたちが見に行くと言ってた暴走って、もしかしてこのこと……？
　だとしたら、あたしはとんでもない立ち位置にいるのだと改めて恐ろしく思うけど。
　……こんな世界があるんだ。
　いいことだとか、悪いことだとか言う前に。
　この夏、籠の中の鳥のような生活をしてきたあたしにとって、ここはなんて自由な場所なんだろうと羨ましく思えた。
　最後尾は肉眼では見えない程後ろまで列が連なっていて、恐怖心から好奇心へと変化したあたしの足は、勝手に前へ進み始めていた。
　暴走族の人を間近で見るなんて初めて。
　特攻服の刺繍は様々で、色んな四字熟語が縫い込まれているものもある。
　彼女らしき人をバイクの後ろに乗せてる人もいる。
　ちょっとした喧嘩が勃発してる地帯もある。
　同じチームでも支部が違うって言ってたし、色々あるんだろうか。

……なんか、怖い。
 当たり前の感情が今更湧いてきて、戻ることにした。
 迷子になっても困るし。
「……え?」
 と思った時には、迷子になった後だった。
「嘘……」
 大きい倉庫の前で降ろされたはずなんだけど……。
 どこもかしこも似たような倉庫が並んでいて、自分がどこで降ろされたか分からなくなっていた。
 旬、どこにいるの!?
 白い特攻服を見つけては顔を覗き込む。
「ぁあ!?」
「すみませんっ……」
 そのたびに、怖い目つきで睨まれた。
 歩きすぎて、列の先頭まで来てしまった。
 それでも知った顔には誰ひとり会えない。
 ……こんなところで迷子なんてあり得ないのに。
 スマホもないし、持ってたとしてもそもそも誰の番号も知らない。
「どうしようっ……」
 怖くて震え始めた手をさすっていると、黒い影があたしを取り囲んだ。
「君ひとり〜?」
「彼氏待ってんの?」
 黒い特攻服を着ているから幹部ではないんだろう。

「……ち、違います……」
「じゃあひとりで来たの？」
　なんて答えていいのか分からない。
　凌牙の名前を出していいのかも分からない。
「こんなとこひとりでいたら危ないよ〜？」
「ツレとはぐれちゃったなら、俺の後ろに乗っけてやるけど」
　男達はしつこく絡んできた。
「やっ、やめてくださいっ……」
「黙って言うこと聞けっつーの！」
　優しかった声は、次第に乱暴になっていく。
「バイクに乗る気なんてないですからっ！」
「生意気な女だな。こんなとこ来といてその態度はねぇだろっ！」
　痺れを切らした男が、あたしの手を掴んだ。
　痛っ……。
「こうなったら無理やり乗せようぜ。ブッ飛ばして地獄見せてやる」
「いいなソレ」
「やっ……」
　楽しもうから地獄を見せるにシフト替えした彼らは、あたしを引きずって群衆の中へ連れ込もうとした。
　どうしようっ……！　ブッ飛ばして地獄？
　聞いただけでも恐ろしくて、泣きそうな目で周りに助けを求めたけど、ここは暴走族の巣。

助けてもらえるなんて希望も持てない。
　囲まれながら、ズルズルと引きずられる。
　その時だった。
「手を離せ」
　声だけで殺してしまうんじゃないかっていうくらいの冷酷な声が落ちた。
　罵声(ばせい)でも発狂でもないのに、それは彼らの動きを止めるのには事足りたよう。
　あたしだって背筋が凍りつく。
「ひっ、ひえっ……」
　恐怖に慄いた男達の顔からは、みるみる血の気が引いていく。
「リョ、リョ、リョ……！」
「やややべっ！」
「だ、ど、うう……」
　もはや日本語になっていない彼らの視線の先を追うと。
　そこに君臨していたのは、白い特攻服に身を包んだ凌牙だった。
　ハッとさせられるほど目を引く出で立ちに、あたしは恐怖も忘れて佇んだ。
　"総"総長の証なのか、襟元と袖にはきらびやかなゴールドの刺繍。それはどの白い特攻服にもない仕様。
　存在感と、出でるそのオーラがハンパない。
　神々しいほどの白は、今日もやっぱりその髪とブラウンの瞳を引き立たせていた。

凌牙は、一番派手な男の顎先を掴む。
「俺の女に手を出すとは、大した度胸してるな」
　男達が一斉に〝えっ〟て目であたしを見た。
　だけどあたしも〝え〟なのだ。
　いつ、誰が、俺のオンナ？
「すっ、すみませんでしたぁ～～っ！」
　泡でも吹くんじゃないかという勢いで、尻尾を巻いて男達は逃げて行った。
「てめぇ、どこの支部だ」
「た、助けてくださいっ……!!」
　顎を掴まれた最後のひとりも腰を抜かさんばかりの勢いで後ずさりすると、あっという間に群衆にのまれて行った。
　凌牙に睨まれたら、命の保証はないも同然のようだ。
　……た、助かった。
　腰が抜けてその場にヘナヘナと座り込んだ。
「こんなとこひとりでフラフラしてんじゃねえ」
　凌牙が、その鋭い眼光をあたしに向ける。
　ビクッ……。
「……ご、ごめんなさい」
「行くぞ」
　凌牙はあたしの手を引き、無理やり立ち上がらせた。
　人だかりはサッと脇へ逸れる。
　花道が出来た群衆の中を颯爽と歩く凌牙。
　目を見張るようなオーラに、誰もが総長の凌牙だと気づく。

「凌牙さんかっけー！」
「こんなに近くで見たの初めてだぜ！」
　興奮気味に、でもヒソヒソと囁く声が耳に届く。
　多分、全員に見られてる。
　凌牙に繋がれた手の先を……。
　それが自分だなんて、おこがましくて顔が上げられない。
「おらあっ!!」
　どこからか罵声(ばせい)が聞こえてようやく顔を上げると、あたしをさらおうとした男達が捕まり、締め上げられていた。
　締めあげているのは白い特攻服……――旬!?
　目を凝らす。
　２人同時に襟元を締めあげ、他の２人は地面に這いつくばるように土下座している。
　……あそこまでやるんだ……。
　暴走族の縦社会の厳しさは、並みじゃないことを知る。
「凌牙さん申し訳ありません！」
　目の前に現れたのは、あたしを攫おうとした支部の人間だろうか。
　折れそうなほど腰を曲げている彼は、白い特攻服を着ていて、後ろに２人の人間を従えていた。
　……きっと、そこの総長なんだろう。
「しっかり教育しとけ」
　何様？と突っ込みたくなるような物言い。
　"総" 総長って、凌牙って、どれだけ偉いの？
　それを凝視(ぎょうし)していたあたしは凌牙にギロッと睨まれて、

肩をすくめながら無言で首を振った。
「あっ……いたいた！」
　安堵の笑みを浮かべながら大翔が駆けてきた。
「探したんだぜ？」
　続けて息を切らした旬も。
　白い特攻服の２人は、ものすごくシャンとして見えた。
　制服から特攻服になっただけで、こんなに見違えるなんて。
　心を許してお喋りしていた自分を呪いたくなるほど滲み出ている暴走族の風格。
　愉快だと思っていた高校生ヤンキーは、見た目も中身も正真正銘、族の幹部だった。
「……ご迷惑をお掛けしました」
　どうやらあたしはかなり探されていたみたいで、その他の支部の幹部らしき人も続々と近寄ってくる。
　白装束に囲まれて、緊張のバロメーターは一気に上がる。
「あの人達……どうなるの……？」
　こっそり大翔に尋ねる。
「んー、地元に帰ってヤキ入れられるか、永久追放されるかだな」
「そ、そこまで……」
　あたしがフラフラしてたせいで、あの人達が地獄を見る羽目(はめ)になるんだ……。
「どっちにしても優月ちゃんが心配することじゃないよ」
　ニコッ……と族の仮面を取り払った大翔の顔に、あたし

は少しホッとして笑みを返した。
「動くなと言っただろう？」
　眉を寄せながら歩いてきたテルさんは、あたしに苦言を呈した。
　その後ろからは、相変わらず面白くなさそうな顔をした和希。
「犬だって"待て"出来るぞ」
　……っ。
「支部のヤツに連れてかれりゃよかったのに」
　罪悪感から反論すらできないのをいいことに、和希は悪態をやめない。
「ヤられちまって、もう二度と──」
「和希、黙れ」
　それはテルさん……じゃなくて凌牙だった。
　低く冷たい声だったけど、それはさっきの族に切り落としたものとは種類の違う、どこか"哀"を持ったもの。
　和希は悔しそうに、口を噤んで凌牙を見上げた。
　胸の中が、ギュッと締め付けられた。
　それと同時に、忘れていた出来事がフッと風に乗るようにちらついた。
　双葉園で虐げられてきた日々を。
　事実は消えなくても、せめて、この傷が消える日は来る？
　……凌牙の元で……。
「優月ちゃん大丈夫？」
　自分では意識してないのに震えていたみたい。

旬があたしの肩に優しく手を置いた。
「……うん」
　気づけば灰雅の幹部たちに囲まれていた。
　この"白"は、影ばかりを歩いてきたあたしにとっての光かもしれない。
　彼等を、信じていいの……？
　あたしの居場所は、ここだと思っていいの……？
「じゃあ始めるか」
　凌牙の合図で、この一帯に緊張が走った。
　全員が散らばり、他のメンバー達もそれに合わせてバイクにまたがる。
　和希は大翔のバイクの後ろに跨った。
「あれっ？」
　よそ見をしている間に凌牙を見失ってしまい、右往左往しているとため息交じりの声が聞こえた。
「またさらわれてぇのかよ」
　凌牙があたしの手を引っ張る。
　……大きい、手だった。
　あたしは男の人を知らない。恋だって、したことない。
　だからこんな仕草にいちいち胸が反応する。
　……ドキドキ、しちゃうんだよ。
「オマエはこっちだ」
　高級車が数台並んでいる中の、一際大きくて眩しいほどの輝きを放っている真っ白なセダン。
　そのドアを開けて、あたしに乗り込めと言った。

これに乗るの?
　顔だけ覗き入れると運転手さんは山科さんで、軽く会釈された。
「……どうも……」
　山科さんは、凌牙専用の運転手さんなんだろうか。
　その時、凌牙があたしに向かって何かを告げた。
「えっ、何!?」
　けれど、一斉に吹かされるエンジン音で声なんて聞き取れない。
　自分の声すらも聞こえないくらいの爆音に、鼓膜が破けそう。
　手のひらを耳に当てる。
　そのせいでエンジン音が遠くなり、目の前から聞こえてきた凌牙の声だけを拾った。
「耳塞いでんじゃねえ」
　顎で促され、しまいには背中を押された。
　とにかく早く乗れと言ってたようで、これ以上イライラさせるわけにもいかず素直に乗り込んだ。
「ベルトしてしっかり掴まってろ」
　そして車は動き出した。
　大翔のバイクが蛇行しながら横を通過していく。
　初めて体験する世界に、体が興奮を覚える。
　怖いという感覚はもはやなく、高揚感の方が勝っていた。
　生まれて初めての感覚。
　まだ知らない自分に出会える気がした。

彼等のそばで、あたしは変われるだろうか。
　……変わりたい。
　……変えてみせる。
　そう思いながら、あたしは新たな世界への一歩を踏み出した。
　バイクのライトの点滅(てんめつ)が、道標(みちしるべ)のようだった。
　——もう、後戻りはできない。

第3章

家族写真

　家に帰ってきた時にはすっかり日付は変わっていて、ダボダボのTシャツでそのまま眠りに落ちた。
　結局、暴走の開始は、予定の２時間半押しだったらしい。
　凌牙の事情……というより、あれはあたしのせいだ。
　族のメンバーでもないあたしなんかのために、数百人規模の暴走の開始を遅らせてしまったなんて考えたら、ゾッとする。
　ここへはテルさんが帰してくれて、そのあとテルさんはまた出かけて行った。
　……みんなが何時に帰ってきたのかは分からない。
　寝坊した、と思って時間を確認しようとしたけど、部屋には時計もなく。
　スマホもないから慌てて下へおりていくと、今日は土曜日だとテルさんが教えてくれた。
　そしてあたしは今、ダイニングテーブルについて、おこがましくも朝食が出来るのを待っている。
　キッチンに立つのは50代くらいの女性。
　家政婦さん……かな……？
　だけど暴走族の棲家(すみか)に家政婦さん……て。
　いったいどうやって募集して、いったいどういう条件で採用されたんだろう。
　多分あたし達くらいの子供がいてもおかしくない年齢だ

し、普通なら『家に帰りなさい』って怒る立場なのに。
　……謎が多すぎる。
「新聞読むか？」
　コーヒーを飲みながら新聞を読んでいたテルさんが、綺麗に４つ折りされたそれをあたしに差し出す。
「いえ、結構です」
　今日のテルさんは、黒いシャツをラフに羽織ってノンフレームの眼鏡をかけていた。
　こうしてみると、暴走族だなんて誰も信じないような、いいところのぼっちゃんみたい。
　あたしの目の前にはティーポットが置かれているし、ここだけ切り取ったら、まるで上流階級の食卓。
「気になるんですか……？」
「何が？」
「日本の経済……」
　なぜなら新聞のタイトルには"経済新聞"という文字。
「気にしたらいけないか？」
「いやっ、そういうわけではないですけど……」
　日本の経済を気にする暴走族がどこにいる？
　むしろ、まったく必要ない気がする。
　よその族の動きや、警察の動きの方が気になるんじゃないの？
　本当にここが族の棲家なのか疑い始めたところへ、朝食が運ばれてきた。
　トレーにのっているのはフレンチトーストにベーコン

エッグにスープにサラダにヨーグルト。
　朝からあたしの胃袋には多すぎる量だ。
「お手伝いの南条さん」
　紹介された品のよさそうな女性は、礼儀正しくお辞儀をした。
「森嶋優月といいます……」
　あたしも出来る限り丁寧に返すと、ニコッと笑ってキッチンへ消えていく。
　あれこれ聞かれると思って色々回答を用意していたのに、完全に空振りで気が抜けてしまった。
「普段は平日だけ来てもらってるが、今日は優月に紹介するために特別に来てもらった」
「そう……なんですか……」
「遠慮しないで食べて」
　考えてみたら昨日の昼から何も食べてない。
　夜は色んな事がありすぎてお腹が空く暇もなかったけど、今にもお腹と背中がくっつきそうなくらいペコペコだった。
「いただきます」
　まずはスープに口を付けた。
　口の中が痺れるほど、隅々にまでコンソメのエキスがしみ渡る。
　お腹の空いた体にはそのひと口が起爆剤になり、止まらなくなって次から次へと無言で口へ頬張った。
「……よく食うな……。優月は大食いなのか？」

気づいたらテルさんが唖然とした目で見ていた。
「すみません……」
　両手にスプーンとフォークを持っていれば、どれだけガッついているんだと思われても仕方ないか……。
「謝らなくていい。豪快に食べてる姿は男も女も気持ちがいいからな」
「昨日のお昼以降、何も食べてなかったので」
「……そうか。南条さん、お代わりある？」
「け、結構ですっ！」
　キッチンへお代わりを要求したその声を止めた。
「恥ずかしいからやめてくださいよ！」
「どうして？　南条さんも喜ぶよ」
「これだけ頂けば十分ですから……」
　遠慮じゃなくて本気で断る。
　それからは、この食卓に似合うように、いつもより丁寧に食事を口へ運んだ。
「静かな朝ですね……」
　食後のコーヒーをゆっくりすする。
　……そういえば、他のみんなはどうしたんだろう。
「あの、旬や大翔は……？」
　まだこの家の見取り図が全然分からないけど、どこかにいるはず。
　キョロキョロと首を振るあたしに、テルさんがおかしそうに笑う。
「まだ寝てる。昨日はかなり弾けてたし、朝方まで倉庫で

メンバーと話し込んでたからしばらくは起きないだろう」
「そうですか……」
　帰ってきたの朝方なんだ。
　なんとなく凌牙の名前は口にしなかったけど、今のに凌牙も含まれてるのかな……。
　もう一度聞くのもおかしいし……。
　……うん。
　凌牙も込みってことで解釈しようとすると。
「……凌牙か？」
　無言の間を、テルさんには読まれていたようで。
　眼鏡の向こうの瞳を、わざと下から覗かせた。
「……はい」
　意味深に笑ったテルさんが言う。
「凌牙なら出かけた」
「こんなに早く……？」
　とはいっても８時だけど、休みの日に８時前から出かけるなんて、相当気合の入った外出なはず。
　……どこに？　問いかけようとしたとき。
　──バンッ。
「まだいたのかよ」
　優雅な空間……は、そこで終わった。
　乱暴にドアを開けたのは和希で、不機嫌そうにテルさんの隣に座る。
　……この子の存在忘れてた……。
「いちゃいけなかった？」

「願わくば」
　どうやら今日も和希は、あたしが気に食わないらしい。
　目を合わせてもくれず不貞腐れたままコーヒーをすするけど、あたしは頬を緩めていた。
　昨日、暴走の前に言われたことはかなり堪えたけど、反抗してくる和希がちょっと可愛く思えたりもする。
　双葉園では沢山の"弟達"がいたわけだし。
　昨日ばっちり決めてた髪は爆発している。
　顔には寝跡なんてものもついてる。
　こうやって見ると、ただの中坊。
　ジーッ。無言のまま視線を送ると。
　視線を感じたのか、チラ見した和希と目が合ってサッと交わされた。
「こっち見んなよ！」
　やっぱり同じだ。
　反抗期の男の子は、いたずらに怖がってないで、構ってあげれば意外と打ち解けられるもの。
　腫れものに触るような扱いをするから、余計に溝が出来るんだ。
「……ぼっちゃま、何か……」
　ふいに、おどおどした南条さんの声が耳に入った。
　ぼ、ぼっちゃま!?　椅子から転げ落ちそうになる。
　今の言葉は何？　誰が"ぼっちゃま"なの？
　やっぱりテルさんは、いいところの息子だったのかと思ったら。

南条さんの目線は、どう見ても和希に向けられていて。
「コーヒー、薄い」
「申し訳ありません」
　こ、こっち!?
　和希は横暴な態度で、コーヒーカップを南条さんに突き出す。
　……どういうこと!?
　和希、どっかのぼっちゃんなの……？
　……親が死んでしまったのかも……と、昨日憐(あわれ)みを抱いた気持ちを返して欲しい。
　えっ……。
　ということは、凌牙も……!?
　凌牙って、いったい……何者……？
「優月、食べ終わったら買い物に行くぞ」
　明らかに目を白黒させているあたしに向かって、面白い物でも見るような目でテルさんが言った。

　車は昨日とは違ったけど、やっぱり高級車で運転手さんも正装した大人な感じの人だった。
　あたしは、この家について聞きたいことがありすぎる。
　というか、凌牙について聞きたい……。
　凌牙と、一度ちゃんと話をしないと……。
　車はお洒落(しゃれ)なインテリアショップに横付けされた。
　お店に入った瞬間、店内の空気が変わる。
　店員、客を問わず、その視線をテルさんが一気に集めた

のだ。
　存在感といい振る舞いといい、人を引き付ける魅力には文句のつけようがない。
　まだ年齢は知らないけど、あたしでさえ敬語を使わずにはいられないくらい。
　歩幅の広いテルさんに、置いて行かれないようについていく。
「ベッドカバーや寝巻、それから食器類など、色々選んで」
　なんの買い物かと思えば、あたしがあの家で生活するに必要なあれこれだった。
　でも。
「……いいです」
「どうして？」
　物を買うにはお金がかかる。
　あたしはそのお金を持ってない。
　それに新しくしてもらわなくても、今日使わせてもらった真っ白のベッドカバーで十分だし、お皿だって食器棚に沢山あった……。
　黙って俯いていると。
「金なら、凌牙からこれを預かってるから心配ない」
　あたしの曇った顔に理由を察したテルさんが、財布からカードを取り出した。
「凌牙から……？」
　それはゴールドカードってやつ。
　高校生でそんなもの持ってるの……？

……ああ。凌牙はどこかのぼっちゃんなんだっけ。
　どっちにしたって、凌牙のお金なんて、余計に使えない。
「駄目ですよ。そんなの使えません」
　きっぱり言って首を振ったあたしに、テルさんはため息をついた。
「勘弁してくれ。買って帰らないと凌牙に叱られる。困るのは俺なんだ」
「……そんな」
　凌牙に叱られる、なんて。
　本当なのか嘘なのかは分からない。
　だけど、困るなんて言われたら断れなかった。
「じゃあ……出世払いで……」
「出世するつもりなのか？」
　揚げ足を取られて、少しムキになる。
「い、今は女の人だって戦力になる時代ですから！」
　あたしがそれに当てはまるかは微妙だけど、数年後の返済を約束して、必要最低限のものを購入した。
　テルさんが荷物を持ってくれて、お店を出ようとした時。
　ある物が目に入って……。
「欲しいのか？」
　出口の手前、足を止めていたあたしの元へテルさんが引き返してきた。
「……えっと」
　素直に欲しいなんて言えなかったけど、正直欲しいと思った。

それは木枠で作られたシンプルな写真立て。
　ポケットから1枚の写真を取り出す。
　小さい頃からずっと肌身離さず持っていた家族写真。
　制服へ忍ばせていたおかげで、これだけは持ってこれた。
　お父さん、お母さん、お姉ちゃん。
　そしてお母さんに抱っこされている3歳のあたし。
　色も褪せて、左下の方は破けてしまっているけど、あたしにとっては宝物。
　たった1枚の家族写真だから……。
「ご両親？」
　テルさんが横から覗き込んでくる。
「……はい。この写真を撮ってすぐに両親は亡くなったらしいです。施設ではお父さんやお母さんの顔も知らない子が多かったから、なんとなく飾れなくて……」
　ポケットの中じゃなくて、これからは飾っておきたい。
　いつでも見られるように……。
「……そうか……」
　呟いたテルさんは、眺めていた写真立てを手にするとレジへ向かう。でも今回は少し様子が違った。
　財布からスッと抜き取ったのは、さっきまで使われていたゴールドカードではなく……。
　お札が2枚。今日初めて見る現金だった。
「あのっ……」
　それはテルさんのポケットマネーでしょ……？
　凌牙に払ってもらうのはいいってわけじゃないけど、テ

ルさんに払ってもらうわけにもいかない。
「いいから」
　だけど差し出した手は、やんわり戻された。
「凌牙には言うなよ」
「……はい。……ありがとうございました」
　お店を出て、ラッピングされたそれを受け取る。
　拒否したところで、それが通らないのも分かってたから。
　そればかりか、テルさんのプライドを傷つけるだけ。
「行こう」
　テルさんが車に乗るよう促す。
「……はい」
　今度何かお礼をしよう。
　元来た道を車が走る中、色々疑問はあるけど、これだけは聞いておこうと思った。
「あの家の生活費ってどうなってるんですか？」
「それは優月が心配することじゃない」
　……いや、心配するでしょう？　普通。
　確か昨日、旬にも言われた言葉だけど、これはスルー出来ない。
　どう考えたって、生活するにはお金がかかってる。
「あの家に住んでいる人全員、凌牙の家族に面倒を見てもらってるんですか？」
　和希が"ぼっちゃま"……というからには、凌牙だっていいところのぼっちゃんなんだろうし。
　あのゴールドカードだって、凌牙の親のものなのかもし

れない。
　でもなんの権利があって、それをあたしに使ってくれるのか。
　黙って与えてもらうばかりじゃ、双葉園にいる時より、居心地が悪い。
　貯金もないあたしがこんなところに住まわせてもらっていいんだろうか。
　居場所がある。それは願ってもないこと。
　でも、贅沢(ぜいたく)な暮らしを望んでいたわけじゃない。
「それはおいおい説明するから。俺はこれから行くところがある。優月は家でゆっくりしていて」
　車は家の前についていたようで、あたしの体の前を腕が横切った。
　ガチャっと扉が開く。
「……分かりました」
　開けられたドアを前にあたしは降りるしかなくて、半ば放り出されるように外へ出た。
　また走り出す車。それが見えなくなるまで見送って。
　ふと、自分の足元を見る。
　あたしの人生は、どこに向かって進んでいるんだろう。

素性

「ただいま戻りました……」
　そっとリビングへ入ると、そこには誰もいなかった。
　まだみんな寝てるの？
　時刻は午後３時。
　……いくらなんでもそれはないよね？
　きっと出かけてるんだ。
　あたしは、少し疲れた体をソファに投げ出した。
　凌牙が帰ってきたら、ちゃんと話をしよう。
　何から聞こう。あれこれ考える。
　凌牙は、あたしが今までどんな人生を歩んできて、どんな人間かだって知らないのに。
　昨日今日会ったあたしに、どうして"居場所を作ってやる"なんて言ってくれたんだろう。
　大翔や旬も、凌牙にそう言われてここへ来たんだろうか。
　あたしだって、凌牙のことを何も知ら──。
「……うわぁぁっ！」
　突然人影が視界に入って、大きくのけ反った。
　……キッチンに人がいた。
　冷蔵庫の扉をあけっぱなしにして、ミネラルウォーターを飲んでいたのは。
　凌牙……。
　い、いたの!?

気配をなくしてるから全然気づかなかった。
　初めて会った時と同じ、黒いスーツに身を包んでいる。
　ゴクゴクと喉を激しく動かし、中身はものすごい速さでなくなっていく。
　その妖艶な姿に目を奪われた。
　口の端から零れる滴さえ、綺麗に思える。
「……ああ」
　あたしに気づいた凌牙は、空のペットボトルを握りしめたまま瞳だけを動かした。
　"オマエか……そういえばいたな"くらいの反応に、チクッと胸が針で刺されたような痛みを覚える。
　凌牙は手の甲で唇を拭い。
　それから、ふぅ……と肩で息を吐くと、リビングへ回って来た。
　凌牙が近づいて来る。
　ただそれだけで、全身が張りつめたように緊張した。
「おい」
「な、何？」
　呼ばれて背筋が伸びる。
「オマエ、もう今日は出かけないんだろ」
　どことなく弱々しいトーン。
　凌牙はひどく疲れているみたいだった。
　当然といえば当然かもしれない。
　昨日は……いや、今日の朝方帰ってきて、あたしが起きてきた８時にはもう家を出ていたんだから。

「……うん……そのつもりだけど」
　目の下にはうっすら隈が出来ていて、なんとなく見ちゃいけない気がしてサッと視線をずらした。
「寝る、6時になったら起こせ」
　そんなあたしを気にすることなく凌牙は目の前を通過し、だるそうに足を階段にかけた。
「あのっ」
「……なんだ」
　呼び止めた声に、振り向きもせずに答える凌牙。
「……やっぱ、後でいい」
　特別、今話さなきゃいけない何かがあった訳じゃない。
　気だるそうな反応に負けて、言いかけた言葉をのみ込んだ。
　……あたしが聞きたいことは、ついでみたいに軽く聞けることでもないんだし。
　凌牙は何も答えず、再びゆっくり階段をのぼっていった。
　姿の消えた階段をしばらく見つめていると、
「うう～よく寝た～」
　それと入れ替わるように大翔がおりてきた。
「今まで寝てたの？」
　まさか寝てるとは思わなかった。
「帰ってきたの朝の6時だぜ？　しかも久々にあんな大きい走りして体が興奮してなかなか寝付けないし。まだまだ寝れるって感じ」
　そう言って、大きい欠伸をひとつすると、ソファに体ご

とダイブした。
「目が腐るぞ」
　そんなもうひとつの声の先を辿ると。
「ぎゃああああっ！」
　慌てて目を覆う。
　そこにあったのは、上半身裸で腰に軽くタオルだけを巻いた旬の姿。お風呂から出てきたらしく、髪は濡れていた。
　さっきから、あたしの心臓によくないことばっかり起こってる。
「優月ちゃん驚きすぎ」
　大翔が笑う。
「そ、そりゃ驚くよ！」
　双葉園ですら、タオル1枚で歩くのは禁止だった。
　だから男の人のこんな姿、見たことない。
　まだ小さい子ならともかく。
　高校生男子の体なんて、究極の成長期。
　どこもかしこも綺麗な筋肉がついていて、その肉体を惜しげもなく披露（ひろう）されて困惑しないわけがない。
　しかも、腰で留めてるタオルのラインが微妙。
　小さいタオルだし、くしゃみひとつでもしたら何かが見えちゃいそう。
　……せめて、バスタオルにしてほしい。
「タオル巻いてただけ奇跡だよ。旬は基本裸族だから〜」
　えっ!?　そうなの!?
「旬は下半身に自信があんだよ、なっ！」

「こんなこともあろうかと、念のため巻いて出てきて正解だったな」
　爆弾発言した大翔にサラッと返す旬。
　……そんなアピールされても困るんだけど。
　あたしの顔はバカみたいに熱くなっていく。
「これから男に囲まれて暮らすなら、このくらいは慣れておかないと。ね、優月ちゃん」
　そう言うと、旬は洋服を着た。
「はぁ……」
　裸に慣れる……というより、男の人の中で暮らすってことにまず慣れるか……。
　施設にも男の子はいっぱいいたけど、ここでは接触度が違う気がする。
「あの……。この家には他にも女の子がいるの？」
　まだこの家についてよく把握(はあく)できてないし、もしかしたらって思う。
「はっ？」
「だって、凌牙って人を拾うのが趣味みたいだし、他にも誰か……」
　思いつきで、あたしみたいに拾われた子……。
「いるわけないじゃん！」
　ぶははっ！と大翔が笑う。
「ここの住人は、凌牙にテルさんに大翔に俺。それから和希。凌牙が女の子を招き入れたのは優月ちゃんが初めて」
「そうそう、他にもいっぱいいたらいいんだけどな～」

そんなことを言いながら、大翔は鼻の下を伸ばす。
あたしが初めて……か。
じゃあどうして凌牙はあたしを拾ったんだろう。
ただの、気まぐれ……？
「……どうして、だと思う？」
「ん？」
「あたしは凌牙のこと何も知らないし、凌牙だってあたしのことを何も知らない。なのに……こんな立派な家に居候(いそうろう)させてもらって……」
疑問に思ってたことを口にした。
「ふんふん」
大翔が相槌を打つ。
「ひと部屋与えてくれただけじゃなくて、部屋のインテリアを好きにしていいだの、昨日出会ったばかりのあたしにすごくよくしてくれる。暴走族の人たちって……普通にこういうことするの？　それとも凌牙が特殊なの？　それとも……なにか企んでるとか……」
あたしの話を黙って聞いていた２人。
いまだに味方とも敵とも分からないその曖昧な表情に、２人は何かを知ってるんじゃないか、と窺う。
「それに今日の買い物だって、テルさんのお財布からは凌牙のだっていうゴールドカードが出てきたし。族の総長っていっても、高校生でしょ？　暴走族って儲(もう)かるの？　怪しいお金じゃないよね？」
言っててハッとした。

もしかして、知らない間に悪いことに加担させられてたりして……。
　怖くなって背筋が寒くなった時。
「ぶはっ！」
「あははははっ！」
　２人は一斉に吹き出した。
　……え？
　大翔なんて床を転がってる。
「優月ちゃんマジウケるー」
「ククク」
　……分からないから聞いただけなのに。
「族って儲かんの？　なぁなぁ……」
「知らねー、ククッ……」
　控えめだけど、体をよじって涙目になってる旬の方がタチが悪い気がする。
「そんなに笑うことないのに。あたしはただ、この状況が分からないからっ……」
　言ってから、少し考えた。
　どうやらここは、そんなに居心地のいい場所じゃないのかもしれない。
　……やっぱり。
　色々知る前に、深く足を突っ込む前に、戻った方がいいかな……。
　昨日無断外泊して、きっと園長先生も心配してる。
「もういい。やっぱりあたし、帰るっ……」

真面目にそう言ったのに。
「ごめっ……ぶはっ……待って……」
　それでもまだ笑い続けてる旬に、もっとムッとする。
　そんな彼等を冷めた目で見て、本当に出ていこうとしたあたしを大翔が捕まえた。
「待って。優月ちゃんに出ていかれたら、俺らも追い出される！」
「……？」
　意味の分からない言葉に振り返る。
　掴まれた手をじっと見つめて。
「……どういう意味？」
「まあまあ話を聞いてよ！」
「さー座って座って！」
　旬にも背中を押されて、あたしはソファへ逆戻り。
　なんだか腑に落ちないけど……。
　双葉園に戻るのは、話を聞いてからでも遅くなさそう。
　両手を膝の上に置くと、旬が口を開いた。
「優月ちゃん、柳迅会（りゅうじんかい）って聞いたことある？」
　リュウジンカイ？
「どこかで聞いたことがあるような……」
　それでもピンと来なくて頭をひねると。
「日本でも３本の指に入る、大きい組織のヤクザだよ」
　ヤクザ……。また物騒な単語が出てきた。
　暴走族もかなりギリギリな感じなのに、ヤクザって。
「凌牙は柳迅会の会長の息子なんだ」

隣から、もっとすごい言葉が聞こえた。
　柳迅会の。会長の。息子。
　……な、なんて!?
「凌牙……が!?」
　ヤクザの会長の息子……？
　会長って……。
　つまり、分かりやすく言うとヤクザの組長？
　頭の中が混乱した。
「高校卒業して族を抜けたら、凌牙は柳迅会へ入ることが決まってる。将来的には柳迅会の後継者だからな」
　タバコを吸いながら、どこか自慢げに言う大翔を凝視する。後継者……。
　……凌牙が、極道に……!?
　あの強さ。あの風貌。取り巻く環境。
　ただものではないと思ったけど。
　まさか、そんな素性だったなんて……。
「だから凌牙は、ただの族の総長とはワケが違うんだよ」
「さすがに、他の族も簡単に手は出して来ねえしな」
「……だから……勢力が一番強いの……？」
　頭が割れそうなくらい衝撃的な話だけど、そこはなんとなくわかる気がした。
　しょせん暴走族だって高校生。
　本物のヤクザがバックにいれば、怖いに決まってる。
「逆だよ」
「逆？」

「ナンバーワンの族の総長に選ばれたのが凌牙だっただけだ。灰雅は意味なく暴れたりしない。どっちかっつったら、規律の厳しい筋の通った族なんだ。そういうのもあって内部分裂もないし、凌牙の代よりずっと前から強かった」

……なるほど。

「じゃあ尚更、凌牙が総長でいれば灰雅はナンバーワンの座を守れるってこと……？」

助けてもらった時に絡んできたグループは、相当の命知らずなんだろう。

「そうでもないんだな」

大翔が灰皿にタバコを押し付けた。

……え？と、目で問いかけたあたしに、旬が答える。

「確かに、凌牙がトップになってから、無意味な喧嘩がふっかけられることは少なくなった。けど、柳迅会を恐れもせずに虎視眈々とトップの座を狙ってる族がいる」

ヤクザを恐れずに……？

「"SPIRAL"っつーんだけど、1つ前の代で灰雅とかなり大きい抗争があったんだ」

……この間の空き地でも聞いたっけ、その名前。

「一時期は解散に追い込まれてたのに、今の総長がかなりやり手なヤツで、なんとか持ちこたえて」

大翔の話では、無意味な喧嘩をし続け、小さい族を倒しては全部SPIRALに引き入れたんだとか……。

「結果的には灰雅の勝利で終わったけど……。このまま黙っちゃいねぇだろうし、またいつ何してくるかわかんねぇん

だ」
　大翔の言葉に旬も頷く。
「まあ、俺達なら余裕で勝てるからそんなに問題視してないけどな。で、話を元に戻すと、高校を卒業するまでは好きにしていいっていう会長との約束で、凌牙はいま灰雅の総長をやって、ここに住んでる」
　なんとなく話が見えてきた。
「じゃあ……ここも柳迅会……というか、凌牙のお父さんのものなの……？」
「そういうことになるな」
　じゃあ……南条さんも、お父さん……会長からの使いなのかな？　凌牙のカードっていうのも……。
「あたし、ヤクザのお金使っちゃったの!?」
　食器だの、ベッドカバーだの、あたしの生活用品一式。
　今更重大なことに気づいて怯えたあたしに、旬はジャラリとピアスを揺らして頷いた。
「そう。だから優月ちゃんはここを出ていくわけにはいかないんだよ」
　ずいっと身を乗り出されて、体が硬直(こうちょく)する。
　それはまるで脅し文句で。
　横に助けを求めようとしても、同じような瞳がぶつかるだけ。
　あたしは。自分が思ってる以上に、ヤバいことに加担してるのかもしれない。
　平凡以下の暮らしで、それでも人並みになるように頑

張って生きてきた。
　施設育ちって言われないように、胸張って生きられるように頑張ってきた。
　なのに、こんなところで族だのヤクザだのに関わって。
　あたしの人生、終わった……。
　凌牙は。ここは……。
　あたしの光かもしれない……そう思ったのに。
　しょせん。
　あたしみたいな底辺の人間は、いいように利用される運命なんだ。
　うまい話には裏がある。
　人間の汚い部分を知り尽くしたあたしは、世の中そんなに甘くないって知ってるのに。
　あたし、これからどうなるんだろう。
　きっと会長からの言いつけで、凌牙は適当な女を探してたんだ。
　一生、柳迅会に仕えるようなちょうどいい女を。
　だから居場所を作ってやるだなんて。
　得体の知れない女で十分。むしろその方が好都合。
　家族がいなくて、頼る人もいない。
　そんなあたしは格好の獲物。
　そのうちどっかの屋敷に連れていかれて、監禁まがいな生活を強いられて。
　あたしは柳迅会に一生を捧げるんだ。
　きっともう……逃げられない。

「……優月ちゃんの頭の中では、すごい妄想が繰り広げられてるみたいだね？」
　…………え？
　周りは穏やかな空気に変わっていた。
　脅すどころか、面白いものを見て楽しんでいる。
　昨日と同じで、愉快な２人組……。
「本気にした？」
「え？」
「汗すごいけど？」
　はいっ……と、大翔にタオルを渡された。
　気付くと、顔だけじゃなくて体中じっとりと汗をかいていた。
「ほらほらこれでも飲んで」
　前からは旬がミネラルウォーターを差し出している。
「ごめんごめん。別にあれは柳迅会のお金でもないし、優月ちゃんがヤクザに関わるわけじゃないから安心して」
「……ほんと……？」
「ほんとのほんと！　俺と旬だって、中学の頃からやんちゃしててここに転がり込んだけど、いまだに会長にだって会ったことねーし、今後柳迅会に入るつもりなんてないから！」
「違う。俺らが入れてもらえるわけがねえ」
「そーゆーこと」
「びっ……くりしたぁ……」
　あたしは魂が吸い取られたみたいに、ソファに背をつけ

て天井をあおいだ。
「ヤクザだからって、無駄に怖がらなくて大丈夫」
　無駄に……って、明らかにそれをネタに遊んでいたのは、正真正銘、目の前の２人だ。
　喉はカラカラで、ミネラルウォーターを半分以上一気に飲む。
「ふう……」
　とにかく、ヤクザに売られないなら安心……。
「じゃあ……和希も……？」
　ふと、疑問に思って顔を上げた。
「和希が、何？」
　意味が分かってもらえなくて、もう一度旬の目を見る。
「凌牙と一緒で、柳迅会に入るまで、好きにするの？」
「アイツはただの反抗期だ」
　その目は苦笑いに変わった。
「親元を離れたい年頃なんだよ。悪ぶってみたいとか、兄貴のマネしてぇだとか。わかるだろ？　そういうの」
「まぁ……なんとなくは……」
「あんなガキだけど、さすが凌牙の弟、喧嘩も強ぇーし結構役に立ってんだ」
　そう言う大翔は、随分と和希を買ってるようだった。
「和希は、凌牙のこと嫌ってるの？」
　ある意味〝名家〟。兄弟によくある、確執。
　それは想像の域を超えるかもしれない。
　昨日だって、凌牙に押さえつけられて何も言えなくなっ

ていたし。
「その逆」
「え？」
「すげぇ崇拝してる」
　……意外だった。
　反抗期の和希が、兄のことを認めているなんて。
「アイツにとって凌牙の言うことは絶対なんだ。やめろって言われればやめるし、やれって言われたら……俺らの３倍の力でやる」
　なんでかわからないけど、胸がきゅっと痛くなった。
「年末にSPIRALとちょっとした抗争があった時、アイツまだ13歳だったのに、俺らよりずっと動いて、傷だらけになって、それでも凌牙がやめろって言うまで力緩めなかった」
　それがどれだけすごかったのかは、旬の表情でなんとなく分かった。
　眉をしかめて、最後は唇を噛んで……。
「どうしてそこまでするのか俺にはわかんねぇ……」
　あの、和希が……。
　だから昨日、あたしがここに住むのを凌牙が決めたことだ……って言ったら、何も言えなくなってたんだ。
「羨ましい……」
　ポツリと漏らした。
「あたしもお姉ちゃんがいるけど、そこまで慕ってるかって聞かれたら……」

親を亡くした姉妹。世間的には、手を取り合って逞しく生きてる美しい姉妹に映っていたかもしれない。
　だけど……。
　なんでも器用にこなし、周りから愛される姉に、嫉妬の感情を抱いてなかったとは言えない。
　純粋に尊敬していたかって聞かれたら……。
「あ！」
　と、大翔が声をあげた。
「姉ちゃんって、あの時言ってた姉ちゃん？」
「……あの時？」
「ほら、俺のこと補導員か何かと間違えたんだろ？　姉ちゃんだけには言わないでって」
「そ、そうだった……？」
　そんなこと口走ったっけ。
　もう忘れてほしい出来事に、これ以上は詮索されたくないけど、あたしも話さなきゃいけない。
　自らここを選んだんだから。
「あのね……」
　勇気を振り絞って、自分の生い立ち、園でのこと、ひたすらに喋り続けた。
　イジメのこと、祐介からされそうになったことも……。
　つらかったけど、それを打ち明けない限り、乗り越えられない気がしたから。
　途中、2人は苦しそうに顔を歪めたり、拳を握ったりしていた。

それがパフォーマンスだったとしても、少しは心を寄せてくれてるのかなって思えるその動作に、勇気をもって喋りつくした。
　彼等を信じてここにいる限り、嘘はいらない……。
「……そろそろメシにしてもいいか？」
　そんな声に顔を上げると、壁に寄り掛かるテルさんと目が合った。
　……い、いつから!?
「テルさんいつからいたの!?」
　あたしの疑問は、大翔によって尋ねられた。
「優月が喋り出した時くらいから」
「そう……ですか」
　全部聞いてたんだ。
　……テルさんに伝わったってことは、凌牙にも伝わるんだろうな。
「旬、大翔、手伝え」
「「はい」」
　テルさんの声にすぐに従う２人を見る限り、やっぱり立場は上の人間なんだと思う。
　この家の色々を取り仕切ってるのも、テルさんなのかもしれない。
「いい肉を買ってきた。優月の歓迎会だ」
　主役だから座って待ってろというテルさんに従って、ダイニングテーブルにつく。
　しばらくすると、野菜が目の前に並べられ、割り下の入

れられたお鍋が用意された。
　醤油(しょうゆ)のいい匂いが嗅覚(きゅうかく)を刺激する。
　テルさんが、高そうなお店の袋からお肉を取り出してお鍋に入れると、
「すき焼きなんて久しぶりだな〜!!」
　大翔ははしゃいで席に着いた。
　……双葉園にもこういう子いたな。
　ご飯の時間が楽しみで、そわそわ落ち着かない子。
　残してきてしまった"弟達"のことを想うと、少し胸が痛んだ。
　そのうち、どこにいたのか和希も現れて、5人ですき焼き鍋を囲む。
「このクソ暑いのにすき焼きかよ」
　なんにでも不満がある年頃なのか、文句を言う和希は鍋の中のお肉に乱暴に箸(はし)を突き刺した。
「コラ、お肉に罪はないんだから。お皿貸して」
　取り分けてあげようとしたのに、和希はそれを拒否。
「触んなよ」
　そう言う和希はお肉しか食べない。
　肉、肉、肉、エノキ、肉、肉……そんな割合。
「和希、野菜嫌いなの？　成長期なんだから、好き嫌いなくなんでも食べないと」
「俺、身長175あんだけど。ここで成長止まっても問題ねえし」
「栄養バランスを言ってるの！」

「ババアかよ」
　たまたまなのか、和希は隣という位置取りだった。
　あたしを見るのも嫌そうに、斜め横に体を向けて食べる彼に沸々（ふつふつ）と怒りがこみ上げる。
　……そこまで嫌？
「和希、優月ちゃんに逆らわなければ、カエジョの可愛い子と合コン出来るかもしんないぜ？」
「むほっ……！」
　正面から和希に訴（うった）えた大翔に、合コン好きなクラスメイトを思い出して、むせた。
　灰雅のメンバーと合コン出来るかもなんて言ったら、すぐに飛びついてくるはず。
　……言うつもりなんてないけど。
「大翔がやりたいだけだろ」
　和希は全く興味がなさそう。
「あ、バレた!?」
　大翔が頭をかく。
「アホかよ」
「てめっ、今アホっつったか」
「アホにアホっつって何がわりーんだよ。合コンなんてガキのすることだろ？」
「ぁあ!?　ガキが舐（な）めた口きいてんじゃねぇっ！」
　大翔が身を乗り出して和希の胸ぐらを掴んだ。
　ちょっと。
　この家の食卓は、いつもこんなに騒々（そうぞう）しいの？

30人規模の双葉園だって、もう少し落ち着いてご飯くらい食べられてたのに。
「合コンで必死こいて女探す必要がどこにあんだよ」
「合コン出来ないひがみだろ。中坊ならしかたねーか。子供だもんな」
「は？　合コンなんてクソだな。黙ってて女が寄って来てこそ、箔(はく)がつくんじゃねえの」
「おっ、オマエってヤツはっ!!!!」
「だいたい大翔は女の趣味わりぃんだよ。ロクな女連れてんの見たことない」
「ガキに女の何が分かるっつんだ！」
　和希に完全にやり込められている大翔。
　勝ってるのは威勢だけ。
　もう、どっちが年上か分からない。
「優月ちゃんも、可愛がってやってくれよな」
　旬がこそっと耳打ちしてきた。
「え？」
　唐突に言われて、旬の方に目を移すと。
「和希、な」
　苦笑いしながら言われ、頷いた。
「あたしはそうしたいんだけどね。どうも受け入れてもらえないみたいで……」
　これはかなり長期戦になりそうな予感がする。
「急にレディが来てどうしていいのかわからないんじゃないの？」

「レディ？」
　そんな風に言われ体がむず痒い。
「なんだかんだいって、中２っつったら思春期まっただ中で、色々難しい年頃だろうよ」
　そんなもんなの？
　こう言っちゃなんだけど、女には随分と慣れてそう。
　中学生でこの風貌。
　さっき言ってた、黙っていても女の子が寄ってくるというのは、和希自身のことのようにも思える。
　遊んでそうな印象もあるし、どっちかというと女の子を泣かせてそうなのに。
「または嫉妬か」
　嫉妬？　誰が、誰に？
　なんのことだかわからず口が止まると、旬があたしを指さす。
「あたし……？」
　同じように、あたしも自分の人さし指を自分に向けた。
「凌牙だよ」
「凌牙？」
　主語や述語が入り乱れて、ますます分からない。
「凌牙が優月ちゃんを連れてきたから」
「……きたから？」
「和希が優月ちゃんに嫉妬した」
　和希が、あたしに？
　言葉は組み立てられたけど、意味が理解できない。

なんとなく首を振った先では、和希と大翔がまだくだらないやり取りを繰り広げている。
　箸を突き出してムキになっている姿は、やっぱりあどけなくて。
「自分を気に掛けてくれる前に、また別の誰かを気に掛けるのが面白くないんだろう」
「和希って、ブラコン？」
　兄を取られた……的な心情とか。
「んー、それともまた違うんじゃないか？　和希は単純に、人として凌牙を崇拝してるから」
「なるほど……ね」
　兄が最強暴走族のトップだったら、依存するのは当然かもしれない。
「でも崇拝してる割には、凌牙にはあんまり相手にされてねぇんだ」
「そうなの？」
　ここの兄弟、やっぱりわからない。
　旬が声を弱める。
「俺らにだって、和希は自分の素は見せてねぇよ」
　少し淋しそうに言って、取り皿に残っていた野菜を箸でつまむ。
「和希の一番の理解者はテルさんだから」
　そして、旬の目の前で黙々とひとりでお鍋をつついているテルさんに目を向けた。
　テルさん……？　どうして？

この光景を見てる限り、和希は大翔とかなり打ち解けてる気がする。
　なのに、どちらかというとタイプが違うテルさんが和希の理解者？
「テルさんと和希は、付き合いが長いから。だよね、テルさん？」
　会話は聞こえているはずなのに今まで入ってきもせず、話を振られて初めてテルさんが顔をこっちに向けた。
　その時、お鍋のグツグツ煮えたぎる音が一際大きく聞こえた。
　隣の会話がようやく終息を迎えたようで、一気に静かになったのだ。
「あの、テルさんていくつなんですか？」
　そのせいで、ちょうど口を開いたあたしの声が際立ってしまった。
「いくつに見える？」
　意地悪く問いかけるのは大翔。
　……凌牙で失敗してるのを、面白がってるっぽい。
「ええと……」
　旬も大翔もテルさんには"さん"付けだし。
　確実に年上なはず。
　でも、凌牙はタメ語だったよね……。
「19……くらい？」
「正解。19で今、高3。同じジャン高の先輩だよ」
　そう答えた大翔に、やっぱりそうなんだと頷く。

でも、なんだか変。
「19歳で、高校生ですか……？」
 その知的そうな顔を訝しげに眺めた。
「留年したんだ」
 形のいい口からそんな言葉が漏れ、ハッとする。
「あ……ごめんなさい」
 失礼なことを聞いてしまったと思い、頭を下げて謝った。
 だけど、まだ腑に落ちない。
 経済新聞を読むくらいのテルさんが、ジャン高で留年？
 試験を受ければ誰でも入れるような学校なはずなのに。
 そんなのあり得ない。
「謝らなくていいよ、優月ちゃん」
 大翔に言われ、頭を上げる。
「来年もテルさんどうせ留年するし」
 笑いながら旬が言う。
「来年も留年？」
 ついに、本格的に頭が混乱した。
 留年が趣味なの？
「テルさんは、凌牙の側近だから」
「側近？」
 そんなの、映画やドラマの世界でしか聞いたことない。
 凌牙はそこまでVIP待遇？
「分かりやすく言えば、マネージャーみたいなもん？　護衛も兼ねてるし、会長からの指示とか、全部テルさんが持ってくる」

護衛……？　会長からの指示……？
「それで来年も留年」
「……ええと」
　……将来のヤクザの組長なら。
　今はまだ高校生でも、それなりの扱いを受けるのは分かる気がするけど……。
「凌牙と一緒に卒業するためだよ。先に卒業しちまったら側近の意味ねえじゃん？」
　まだ留年の意味が理解できてないあたしに、取り皿にお肉をたっぷり確保しながら大翔が補足した。
　……つまり。
「え……。テルさんて、灰雅の幹部さん……じゃ、ないんですか？」
　まさかね……と、思いながら問いかけたあたしとは対照的に。
「ああ」
　あっさり答えたテルさんに、彼は柳迅会側の人間なのだということを、初めて知る。
「テルさんは、どうみても暴走族って柄じゃねえよな」
　大翔が笑いながら言えば。
　昨日の集会で、テルさんだけ特攻服を着ていなかったのを思い出した。
　……だから、なんだ……。
「……それで……あたしの世話を色々と……」
　あくまで、凌牙の側近として。

「人使い荒いからなー凌牙の奴」
　テルさんの正体を知って、正直食事どころではないあたしと正反対に、相変わらず大食いの大翔。
　テルさんは、自分のことを言われているのに、それに対して笑って同調したりしない。
　いたって淡々と、冷静に。
　それは、凌牙への忠誠心の表れのように。
　……やっぱりあたしは、とんでもないところに来てしまったのかもしれない。
　一夜にして変わりすぎた自分の世界に、あたしはしばらく放心していた。

俺の女になれ

　大変なことを思い出したのは、何気に放ったテルさんのひと言。
「そういえば、凌牙はどうしてる？」
　…………あ。
「寝てんじゃね？　起きたとき、部屋に入ってく凌牙見たし」
　そう答えた大翔に、更に投げかける。
「誰が起こすことになってる？」
　……なってる？
　明らかにいつもそういうシステムだと分かるテルさんの発言に、あたしの顔はこわばった。
「俺じゃねえ」
「俺でもねぇよ？　じゃあ和希か？」
「ちげえ」
　……どうしよう。
　起こせと言われた６時なんて、とっくに過ぎていた。
「………起こしてきます」
　言いながら椅子を引いて、のっそりと立ち上がる。
「優月ちゃんだったのか」
「凌牙は時間にうるさいからな〜。気を付けて！」
「……そのまま出てけ」
　最後のは聞かなかったことにしよう。

「何時だ」
「え？」
「何時に起こせと言われた？」
　軽いノリの３人とは違い、どこか神妙に聞いてくるテルさん。
「６時……ですけど」
「６時か……」
　時計を見上げたテルさんは顔をしかめる。
　そんなに凌牙は時間に細かいの……？
「とにかく、起こしてきます」
　階段に足を掛けて、一旦足を止める。
「あの、凌牙の部屋ってどこですか？」
　あたしの部屋は２階だけど、この家には更に上へと続く階段があった。外から見たら３階建ての建物。
　いったいどこに誰の部屋があるか把握してない。
「２階だよ！　２階！　のぼって右側の突き当たりにある部屋！」
　器の中身をかき込みながら言う大翔に軽くうなずいて、あたしはまた上へと足を進めた。
　……どれだけ怒られるんだろう。
　普段から低血圧な人の寝起きがいいわけない。
　大翔に言われた通り、２階にいくつかある扉の内、ひとつだけ突き当たりにあった。
「隣なんだ……」
　そこがあたしの部屋の隣であることに気づいて、なぜか

小さく跳ねる心音。
　寝てるとは思うけど、一応ノックして扉を開けた。
　凌牙の部屋は、広い割には殺風景だった。
　いや、広いから殺風景に見えるのかも……。
　部屋の中央にソファとローテーブルがある以外、物という物がない。
　テーブルの上に、雑誌と病院からの処方箋らしき薬の袋が置かれているのが、唯一生活感というか……。
　それも綺麗にそろえられていて、おそらく凌牙は几帳面な性格なんだろうということを覗わせる。
　その奥にベッドがあり、予想通り凌牙はまだ眠っていた。
　どうやって起こそうか思案しているうちに進めた足は、すぐベッド脇まで来てしまい、そこで立ち止まったまま寝顔を見おろした。
　そう言えば、凌牙の顔はまだ真正面からじっくりと見たことがなかった気がする。
　目が開いてる時の凌牙は、あたしを睨んでいるか、興味なく冷めているかがほとんどだ。
　そんな怖い顔、正面から見る勇気なんてなくて。
　白くて綺麗なキャンバスにひとつひとつ置かれた美しいパーツ。
　瞳を閉じていても人を惹きつける力を持っていた。
　……ヤクザの会長の息子。
　そんな肩書きが、あたしの頭を支配し、怯えさせる。
　だけど。

寝ている時は誰だって無防備になるもの。
　どんな血筋の人だって、みんな平等に穏やかな眠りについて、幸せな夢を見ることが許される。
　……だからあたしは。寝ている時が一番幸せだった。
　夢の中でだけは、あたしの思い描く幸せな時間を過ごしていたから。
　天使の寝顔。今の凌牙は、まさにそんな寝顔だ。
　こんな綺麗な顔をした息子を持つ、柳迅会の会長はどんな顔をしているんだろう。
　見てみたい気もする。
　でも、大翔や旬ですら会ったことがない。
　簡単に会える人ではないんだろう。
　暴走族を引退しても、堅気にはなれない凌牙。
　あたしみたいに、誰からなんの期待もない人生も淋しいけど、生まれたときから将来が決まっているのもどうなんだろう。
　医者の息子に生まれ、医者になるのとはわけが違う。
　そして次男の運命も……。
　ヤクザの組長は２人もいらない。
　普通だったら凌牙と確執が起きそうなものの、そうじゃない和希は。
　反対に、実家に対してなんらかの想いを抱き。
　兄を慕い、家を出るという行動へ繋がっているのかもしれない。
　……じゃあ、凌牙は……？

望んだ将来なの？　自分の夢はないの……？
　この美しい顔の眠りの下では、どんな夢を描いているんだろう……。
　細くて長い睫毛(まつげ)が微かに揺れた。
　……あ、起きちゃう。
　閉じた瞼(まぶた)の下できつく瞬きでもしたのか、ピクピクと動いたあと、その瞳がゆっくりと開かれた。
「……凌牙？」
　不法侵入者とでも勘違いされたら困るから、起こしに来たんだと声を掛けた。
「……もうそんな時間か……」
　ゆっくりと体を起こす凌牙に、特別機嫌の悪そうなところはない。
　なんだ。別に寝起き悪くないじゃん。
　起きた拍子に胸ぐらでも掴まれるんじゃないかって、身構えて損した……。
「……っ！」
　ぎゃ……と言いかけて、口に手を当ててのみ込んだ。
　慣れなきゃ。……そう、慣れないと……。
　凌牙の胸元から、はらり、とタオルケットが落ちる。
　裸で寝る男がいるというのは聞いたことがあるけど、今、目の前にいるとは……。
　あたしの前でゆっくりと露(あら)わになる、逞(たくま)しい体。
　細身で綺麗な顔からは、想像もつかない。
　急上昇した心拍数に、呼吸が苦しくなるほど。

「……っ」
　やっぱりこの人を真正面から見るのは、体に毒かもしれない。
　迷惑なほど、カッコいい。
「シャツ」
「……え？」
「そこにある」
　指をさされた方向にクローゼットがあった。
「あの中？」
「ああ……」
　恐らく、取ってこいってことだろうと思い。
　言われた通りに足を進め、黒で統一されている部屋の真っ黒なクローゼットを開けた。
「これ？」
「違う」
「じゃあ……これ？」
「ああ」
　中もやっぱり黒い服だらけで、さっきさしたのとなんの違いがあるのか分からなかったけど、指示された服を渡すと。
　凌牙は黙ってそれに腕を通す。
　右肩から背中にかけて入れられた、大きな刺青が見えた。
　本当に、本当なんだ。
　わざとなのかたまたまなのかはわからないけど、この位置から丸見えの仕草。

それでも気づかないふりをするか、触れるべきか迷ったけれど。
「プールの授業とか、困らない……？」
　凌牙の動きが止まった。
　……失敗……した？
　やっぱり気づかないふりをするべきだったかなと後悔していた時。
「……ジャンにプールはねぇ」
　特別表情を変えずにそう言いながら再び手を動かした凌牙に、ホッと胸を撫でおろした。
「そ、そっか……それじゃあ大丈夫だよね」
　そもそも学校にプールがあったとしても、凌牙が真面目に入るとは思えない。
　無駄に会話を振ったことで、墓穴を掘ったんじゃないかと、募る焦りとは裏腹に。
「驚かねぇんだな」
　前のボタンを留めた凌牙は、窺うような目をあたしに向けた。
「……べ、別に」
「無理しやがって」
　絶対に言葉と真逆の顔になっているだろうあたしを見ながら、挑発するように言う。
　本当は、怖い。怖いに決まってる。
　あれだけのメンバーを引き連れた族のトップで、世間を震撼（しんかん）させるようなヤクザの息子。

そして刺青。
　本物なんだと、思い知らされた。
　今までのあたしの人生では全く縁のなかったような人。
　今ここで、こんな風に話をしていることでさえ不思議でたまらない。
「つうか」
「……うん」
「オマエは時計が読めないのか？」
　冷ややかな声に、ドクンッと心臓がはねた。
「なんとか言えよ」
　6時を過ぎていたことに気づかれてしまった。
「ごめんなさい」
　うつむいて謝る。
「謝るなら目を見て謝れよ」
「……っ」
　下を向くのは許されないらしい。
　凌牙はあたしの腕を掴み、その箇所はジリジリと痛みを増していく。
　怒りを込めるように、ゆっくりと。
「痛い……っ」
　耐えられなくて、思わず声が漏れた。
　時間通りに起こさなかったからって、こんな。
　そんなに怒るくらいなら、アラームを掛けて自分で起きればいいのに。
　勝手に人に頼んでおいて、ひどすぎる。

郵便はがき

| お手数ですが
| 切手をおはり
| ください。

1 0 4 - 0 0 3 1

東京都中央区京橋1-3-1
八重洲口大栄ビル7階

**スターツ出版(株)　書籍編集部
愛読者アンケート係**

(フリガナ)
氏　名

住　所　〒

....

TEL　　　　　　　　　　　　　　　携帯／PHS

E-Mailアドレス

年齢　　　　　　　　　　　　　　　性別

職業
1. 学生 (小・中・高・大学(院)・専門学校)　　2. 会社員・公務員
3. 会社・団体役員　4. パート・アルバイト　5. 自営業
6. 自由業 (　　　　　　　　　　　　　　　　) 7. 主婦　8. 無職
9. その他 (　　　　　　　　　　　　　　　　　　　　　　　　　　)

今後、小社から新刊等の各種ご案内やアンケートのお願いをお送りしてもよろしいですか？
1. はい　2. いいえ　3. すでに届いている

※お手数ですが裏面もご記入ください。

お客様の情報を統計調査データとして使用するために利用させていただきます。
また頂いた個人情報に弊社からのお知らせをお送りさせて頂く場合があります。
　　　個人情報保護管理責任者:スターツ出版株式会社 販売部 部長
　　　　　　　　　　　　　　　連絡先:TEL 03-6202-0311

愛読者カード

お買い上げいただき、ありがとうございました!
今後の編集の参考にさせていただきますので、
下記の設問にお答えいただければ幸いです。よろしくお願いいたします。

本書のタイトル(　　　　　　　　　　　　　　　　　　　　　　　　　　　　)

ご購入の理由は?　1. 内容に興味がある　2. タイトルにひかれた　3. カバー(装丁)が好き　4. 帯(表紙に巻いてある言葉)にひかれた　5. 本の巻末広告を見て　6. ケータイ小説サイト「野いちご」で見て　7. 友達からの口コミ　8. 雑誌・紹介記事をみて　9. 本でしか読めない番外編や追加エピソードがある　10. 著者のファンだから　11. あらすじを見て　12. その他(　　　　　　　　　　　　　　　　　　　　　　　　　　　　)

本書を読んだ感想は?　1. とても満足　2. 満足　3. ふつう　4. 不満

本書の作品をケータイ小説サイト「野いちご」で読んだことがありますか?
1. 読んだ　2. 途中まで読んだ　3. 読んだことがない　4. 「野いちご」を知らない

上の質問で、1または2と答えた人に質問です。「野いちご」で読んだことのある作品を、本でもご購入された理由は?　1. また読み返したいから　2. いつでも読めるように手元においておきたいから　3. カバー(装丁)が良かったから　4. 著者のファンだから　5. その他(　　　　　　　　　　　　　　　　　　　　　　　　　　　　)

1カ月に何冊くらいケータイ小説を本で買いますか?　1. 1〜2冊買う　2. 3冊以上買う　3. 不定期で時々買う　4. 昔はよく買っていたが今はめったに買わない　5. 今回はじめて買った

本を選ぶときに参考にするものは?　1. 友達からの口コミ　2. 書店で見て　3. ホームページ　4. 雑誌　5. テレビ　6. その他(　　　　　　　　　　　　　)

スマホ、ケータイは持ってますか?
1. スマホを持っている　2. ガラケーを持っている　3. 持っていない

学校で朝読書の時間はありますか?　1. ある　2. 今年からなくなった　3. 昔はあった　4. ない

ご意見・ご感想をお聞かせください。

文庫化希望の作品があったら教えて下さい。

学校や生活の中で、興味関心のあること、悩みごとなどあれば、教えてください。

いただいたご意見を本の帯または新聞・雑誌・インターネット等の広告に使用させていただいてもよろしいですか?　1. よい　2. 匿名ならOK　3. 不可

ご協力、ありがとうございました!

「痛いよ……」
　２度目の訴えで、やっと手を離してくれた。
　……なんなの、この俺様気質。
「やめるなら今だ」
「……何が？」
　急に話題を変えられて、頭がついていかない。
「聞いたんだろ」
　あ……もしかして。
　"ヤクザってこと……？"と、言いかけて。
「……だいたい……は……」
　言葉を濁（にご）した。
　ここにいるからには知る権利はあるだろうし、聞いたことは問題なさそう。
「普通じゃないだろ」
「……別に……そんなの、どうだっていい……」
　あたしだって特殊な環境で育ってきた。
　生い立ちや家庭環境なんか、個人を見定めるのに何も関係ない。
　凌牙は、凌牙。それは素直な気持ちだったのに。
「そんなの？」
　怪訝（けげん）そうに聞き返されて。
「あ、そういう意味じゃ……」
　慌てて弁解すると。
「変わってんな」
　ヤクザを軽視するなと怒られると思ったら、凌牙は逆に

口調を緩めた。
　凌牙はベッド脇の出窓に置かれたタバコを取ると、慣れた手付きで火をつける。
「嫌か……？」
　突然そう聞かれて、なんのことか分からず首を傾げた。
「タバコ」
　そしてフーッ、と横に煙を吐き出した。
「……ううん」
「そうか。この間、煙たそうな顔してたから」
「あれは……」
　……煙たそうな顔してたの、バレてたんだ。
　凌牙がそれを覚えていてくれたのが嬉しい。
　一昨日、車に乗る乗らないの問答をしていたとき……。
　あそこで、柄の悪い不良達が来なかったら、車に乗ることもなかった。
　今頃、盗みのリベンジでもやらされていたかもしれない。
　あたしは、この２日間のことを漠然(ばくぜん)と振り返る。
「吸うか？」
　１本差し出されて、笑って断った。
「あたしは吸わない。だけど煙には慣れてる」
「……荒れてんのか？」
　特定されなかったけど、きっと双葉園のこと。
「荒れてるわけでもないけど、吸ってる子は吸ってる」
　タバコに関しては、部屋であれば、もう黙認みたいなところもあった。

「やめねぇんだな」
「何が？」
「その口のきき方」
　少し呆れたように凌牙は言った。
　灰雅という大規模な暴走族のトップで、将来はヤクザのトップも決まっている。
　そんな人に、随分とぞんざいな口をきいてる自覚はあるけど。
「ダメ……でしたか？」
　白々しく敬語を使うと。
「フッ……」
　凌牙の口から笑いが漏れた。
　……あ。頬が緩んだところ、初めて見た。
　口角を上げられないのかとさえ思っていた凌牙の笑みは、思いのほか柔らかく。
「昨日あれだけ威勢のいい態度とられて、今更そうされる方が気持ちわりぃ。今のままでいい」
　気持ちが楽になったと同時、胸の中も温かくなる。
「うん……じゃあそうする……」
　せっかく手に入れた居場所。
　この先、気を使いながらなんて過ごしたくない。
　あ、そうだ。
「あの、起こすの遅れちゃったけど、もう夕飯始まってるの。早くしないと──」
「……なあ……」

"お肉がなくなる"……そう言おうとあたしを、神妙な声が止めた。
「オマエ、男いんのか？」
　なんの脈絡もない話題。
「……男？」
「付き合ってるヤツ」
　そんなことを尋ねられて戸惑い、俯いた。
「いるわけ……ないじゃん……」
　双葉園から出る日のことだけを考えて毎日過ごしていたあたしが、誰かを好きになったり、ましてや好きになってもらえるなんて。
　そして、小さい頃から一緒に生活してきた、家族ともいえるような男に襲われそうになったあたしなんかに。
「俺の女になれよ」
　ああ。それでそんなこと聞いたのか。
　えっ……!?
「い、今、なんて……？」
　聞き間違えなんじゃないかと再び問いかけると。
「横暴すぎたか。じゃあ、俺の女になってみないか？」
　聞き間違えじゃなかった……。
　というか、凌牙は言い直したけれど、根本的内容は変わってない。
　命令形から、試してみるか……的な。
「俺が怖いか？」
　……それは。

「んなの関係ないって言ったよな」
　聞いてきたくせに、自分でそうだと肯定して。
「だったらいいだろ」
　……どうしてそんな解釈になるんだろう。
　ヤクザだろうが関係ないというニュアンスのことは確かに言った。でも、それとこれとはまた話が別な気がする。
　凌牙の女、なんて。
　好きかという感情なしで、簡単に女に出来るものなの？
　第一。
「あたしなんて釣り合うわけない……」
　暴走族やヤクザは、陽のあたる世界じゃない。
　それでも凌牙はきっと英才な人間で。みんなが憧れる灰雅のトップ。
　……全然……違うの。住む世界が。
「陰の人生を歩んで来たあたしが、華々しく人の上に立つ凌牙なんかの彼女になれるわけがない」
　無理なの。
「哀れんでくれる気持ちはありがたいけど、別にそういうのを求めてるわけじゃないし」
　灰雅の総長をやってるくらい。
　凌牙にとっての"女"なんて腐るほどいるはず。
　あんなに手慣れたキスをして……。
　甘く切ない恋愛をしようって言われてるんじゃないのも分かってるけど。
　……同情なら、されたくない。

「勘違いすんなよ」
　……やっぱり、ね。
　凌牙はそれほどの男かもしれないけど。
　人の気持ちを自由に操れるほど偉いの？
　勘違いって何よ。
　百歩譲って、自分の女にすることであたしが喜ぶとでも思ったら大間違い。
「勘違いなんて絶対にしてない！　あたしは自分の身のほどはちゃんと分かってる。なのに、これ以上みじめにさせないでよっ……！」
　分かってる。
　そんなの痛いほど分かってるのに……っ。
　零れそうになる涙を、奥歯を噛みしめてグッとこらえる。
　そして、クラスメイト達が聞いたら泣いて喜ぶような命令を、真正面から蹴り上げた。
「凌牙の女なんかに、絶対なら──」
「双葉だからって、見下したつもりはねえ」
　遮るように被された言葉は意外にも穏やかで。
　加えて、あたしを見据えている瞳も穏やかで。
「……え……」
　あたしの勢いは、受け止められることのないままフワリと宙に浮く。
「言っただろ、車ん中で。双葉の人間だからって見下すなって」
　……確かに言った。

手帳を盗ったと勘違いされた時に。
「だからだよ。だから、俺の女になれよ」
　もう一度同じ言葉を吐いた凌牙は、勢いをなくしたあたしを置いて部屋を出て行った。

第4章

措置(そち)

"俺の女になれよ"

　そんなふざけた命令をされたあのあと。

　あたしは凌牙と一緒にすき焼き鍋を囲む勇気もなく。

　昨日も一日中、部屋の整理をすると言って部屋にこもり、凌牙に会わずに過ごしてしまった。

　だって、気になり過ぎて。凌牙が言った、最後の言葉が。
『だからだよ──』

　"だから"……って何。そんな簡単な接続詞、あたしだってよく使うし、意味も十分理解してる。

　この場合の"だから"も、"見下してない"に続くのはわかる。

　でも『見下してないから、女にする』じゃ、説得力に欠ける。

　きっと、その間にも、何か言葉があって……。

　あるとすれば、を想像してしまう……。
『見下してない。ひとりの女として見てる。だから女になれ』
『見下してない。好きなんだ。だから女になれ』

　……バカみたい。出会って２日やそこら。

　そんなことあるわけないのに……。

　考えれば考えるほど、わからなくて、迷宮入りするだけだった。

　土曜日、買い物に行った後のテルさんの用事は、双葉園

に出向くことだったらしく。
　双葉園の人に何をどう話したのかは詳しく教えてくれなかったけど、あたしの制服や洋服、その他私物がすべて引き揚げられていた。
　これを見て思う。
　もうあたしは二度と双葉園に戻ることはない。
　……ここがもうあたしの帰ってくる場所で、あたしの居場所なんだと。
「お父さん、お母さん……」
　テルさんに買ってもらった写真立て。
　その中におさめられた家族写真を眺めて呟く。
　記憶のない両親の顔は、この写真1枚だけでしか見ることができない。
　綺麗に持っておきたかったはずの写真は、いつの間にか下の部分が破けてしまったけど。
　これはあたしのかけがえのない宝物。
　これからは、ずっとこうして飾っておけるんだと思うと嬉しい。
　この写真とは別にもうひとつ、お母さんの形見を持っている。
　シャツの首元から、それにそっと触れた。
　先端にパールがひと粒ついたネックレスだ。
　少しピンクを帯びた白い粒。
　お母さんが生前、パールのネックレスを身に着けていたらしく。

それをお姉ちゃんが加工してくれて、お互い同じものを持っている。
「お母さん……これでいいんだよね……」
　あたしはパールを握りしめ、小さく呟いた。

　テルさんが持って来くれたおかげで２日ぶりに手にできたスマホ。
　充電して電源を入れれば、着信とメッセージの山。
　ほとんどがクラスの子達からだった。
　連絡先を交換して以来、ほとんど活用されたことなんてなかったのに。
　……まあ、無理もないか。
　金曜日、あんな撤収の仕方をしたんだから……。
　今日、絶対囲まれるだろうな。
　頭を悩ませながら下に降りて行った。
「おはようございます」
　声を掛けながらリビングに入るとすでに南条さんがキッチンにいて、朝食の準備をしていた。
　今日は月曜日だからみんな学校があるはずだけど、まだ誰もリビングにいない。
「おはようございます。……あの、まだ支度が整っていないんです。こんなに早く起きていらっしゃると思わなくて」
　申し訳なさそうに頭を下げた南条さん越しに見えた時計は、まだ５時45分。
「いえ、あたしの方こそすみません」

……どう考えても早すぎる。

　だけど、ここから学校へ通うまでの電車の乗り継ぎなどを逆算したら、7時には家を出ないと間に合わないから。

　有り合わせですみません、という南条さんが出してくれた朝食を味わう。

　もちろん、有り合わせなんていう謙遜は必要ないほど美味しかった。

　ごちそうさまをして、歯を磨いて、部屋に戻る。

　バタバタと動き、鞄を手に再び部屋の外へ出たとき、隣の扉が開いた。

「おっ、おはよう」

「……ああ」

　裸だったらどうしようかと身構えたけど、出てきた凌牙はちゃんとシャツを着ていた。

　それにしても、かなりそっけない挨拶。

　"おはよう"には"おはよう"じゃないの？と思ったけど、低血圧な彼の返事はいつも"ああ"なんだろうと思うことにした。

　目線は凌牙の髪の毛に。

　寝起きなはずなのに、クセひとつない綺麗な金髪は健在で、思わず見惚れてしまう。

「朝っぱらから騒々しい音たててんじゃねえ」

「あっ……ごめん。遅刻すると思って急いでた」

「オマエ、やっぱり時計読めないんだな」

　朝から毒づく凌牙に少しムッとしながら、その意味の分

からない理由を問いかけた。
「……もうすぐ7時でしょ。それが何か？」
「何時から授業受けるつもりなんだよ」
　不機嫌に答えたあたしに、同じような態度の凌牙がそう言いながら目を細める。
　細めても目力があるのには変わりはなく。
　その瞳に圧倒されそうになりながらも、あたしは唇を尖らせた。
「何時って……。時間が読めるからこそ、逆算してこの時間なんだけど」
　ここへ来ての後悔があるとすれば、学校から遠くなったこと。
　決して朝は得意な方じゃないけど、頑張って起きたのに。
　これから毎朝5時半起きかと思うとゲッソリする……。
「8時に出れば十分だろ」
「え？　楓まで、どれだけかかると思ってるの？」
　明らかに他人事な発言に、彼の素性を忘れて棒読みで聞き返す。
　ここの所在地を把握したうえで、電車やバスの乗り継ぎ時間を細かく計算したんだから。
「車で30分、そんなとこだろ」
「車……？」
　何のことかと思って首を傾げた。
「今日からオマエには、用意した車で登下校してもらう」
「えっ!?　あたし電車で行くよ？　車で学校通うなんてと

んでもない」
　会社の重役じゃあるまいし、ただの女子高生が。
　何を言っているのかと思う。
「いいから言われた通りにしろ。……それから」
　ついでだったのか本題だったのかは分からないけど、真剣な顔で付け足した。
「一昨日の話、マジ考えとけ」
　言いたいことだけ言うと、凌牙は扉を閉めて再び部屋の中へ消えた。
　一昨日の話って……。
"俺の女になれよ"
「……っ……」
　思い出して、胸がくすぐったくなるけど。
　いやっ。今はそんなことより。
　……車！　そんなの聞いてない。
　あたしはリビングへ駆けおりた。
　そこには他の４人がすでに顔をそろえていて、リビングも賑やかになっていた。
　暴走族もきちんと登校するらしい。
　だるそうな顔をしながらもちゃんと制服を着て、食卓に着いていた。
「優月ちゃんはもう食べたんだって？」
　旬にそう聞かれ、頷きながら問いかけた。
「みんな朝は車で行くの？」
　すると一斉に答えが返ってきた。

「バイクだ」
「俺もバイク」
「俺も！」
「…………」
「あ、コイツもバイクね」
　答えてくれなかった和希の代わりに大翔が言う。
「和希もバイク！？」
　……どう考えても無免許でしょ。それに。
「中学校にバイクなんて停められないでしょ？」
「学校の近くにメンバーの家がある」
　あたしの言った正論に、勝ち誇ったように返す和希。
　こういう時だけ口が達者なんだから。
　つまり、そこに停めてるわけか。
「へー……。そんなんで、和希学校で浮いてない？」
　いったい学校ではどんな子なんだろう。
　まだ14歳のくせに、少し心配になる。
「プッ。浮いてるって、優月ちゃん。和希の中学にも灰雅のヤツは何人かいるんだよ。どっちかっつったら、学校で一番権力持ってんの和希じゃねえの？」
「ああ、そうだな。和希の中学荒れてるしな」
「まともに窓ガラスのついてる男子トイレ何個だ？」
　大翔と旬は笑いながら話しているけど、笑える話じゃないよね。
「ゼロ。つけてもすぐ割られるからもうついてねえ」
　それにまともに答えた和希。

和希は例外だとしても、中学生で暴走族!?
　あたしにしてみれば驚きの世界だけど、大翔や旬も高２で幹部ってことは、随分前から暴走族に入ってたはず。
　そう考えると、不思議なことじゃないのかもしれない。
「ジャン高より荒れてんじゃね？　和希もほどほどにしとけよ」
「俺はなんもしてねぇ。灰雅のやつも。してるのはザコばっかりだ」
　忠告した旬に、和希が淡々と答える。
"意味なく暴れたりしない"
　灰雅はそういう族だって言ってたっけ。
　和希の横顔を見て思う。
　きっと和希は灰雅の……凌牙の信念を分かってる。
　だから無意味に学校を荒らしたりはしないんだろう。
　それでも、暴走族という組織への嫌悪感は拭いきれない。
　あたしはもう"こっち側"の人間になったのかもしれないけど……。
　暴走族のことを知ったばかりで、まだこの理不尽な世界の肩は持てそうにない。
「凌牙オッス！」
　大翔のそんな声に、肩がビクッと上がった。
　どうやら凌牙が階段をおりてきたようだけど。
『一昨日の話、マジ考えとけ』
　さっき、去り際に掛けられた言葉が頭をちらついて、凌牙をまともに見ることが出来ない。

凌牙はダイニングテーブルには着かず、ソファに座ったようだった。
「朝はコーヒーだけなんだよ」
　そう教えてくれる大翔につられて、ソファに目を移すと。
　えっ……。
　制服なんてきっと似合わないだろうと思っていたのは大間違いで、思わず二度見してしまう。
　車の中は暗かったし、初めてまともに見た、高校生姿の凌牙。
　着崩しているくせに、大翔みたいにチャラチャラ見えないのは、漂う雰囲気のせいだろうか。
　むしろ、カッコいい。
　それが、一種のスタイルとして確立されているみたいに。
　おまけに、差し込む朝日に照らされて黄金に輝く髪の毛が眩しい。
"俺の女になれよ"
　思い出して、胸がドクンッと高鳴る。
　なんなの、この胸騒ぎ。
　あんなの、凌牙にとってはきっと"おはよう"を言うくらい、なんでもないことなのに。
　こんなことに免疫(めんえき)のないあたしにキスしたり、甘い言葉を投げてみたり。からかうだけからかって。
　楽しんでるだけかもしれないのに。
　あたしだけドキドキして、悔しい――……。
「優月、HR(ホームルーム)は何時からだ？」

唐突にテルさんに尋ねられた。
「……8時35分です」
「なら、ここは7時45分に出発する。半につく計算で大丈夫か？」
　それは車で通学するのが前提の様子で……。
「そうだった！」
　肝心なことを忘れていた。
　いつの間にか話がずれてしまったけど、あたしはそれを聞きに来たんだった。
「あの、どうしてあたしだけ車なんですか……？」
　やっぱり納得がいかない。
　みんなは自分の"アシ"で行っている。
　あたしはバイクには乗れないけど、自分の足で行きたい。
　少し拗ねたあたしに深いため息を吐いたテルさんは、手にしていた新聞を置いた。
「凌牙は優月に居場所を作った。それは、凌牙は優月を守らないといけないという責任も含まれてるんだ」
「あたしを……守る……？」
　どういうこと……？
　聞こえているのかいないのか、凌牙は窓の外を見ながらコーヒーカップに口を付けている。
「灰雅は、この世界ではトップに位置する。それは承知しているよな？」
　テルさんの声に呼び戻され、あたしは頷く。
　この世界……とは、暴走族のことだろう。

「灰雅が囲ってる女がいるなんて、敵視されてる族……特にSPIRALに知れたら、ヤツ等はどう動くかなんて簡単に見当がつく」
「……？」
　首を傾げたあたしに、テルさんはさっきよりも力の入った視線を注いだ。
「SPIRALは卑劣な集団だと言ったろ？　優月のことがわかれば、何をしてくるか分からない。言葉は悪いが、潰すための手段として手っ取り早いのは……女だ」
「────っ!?」
　女……って……？
「そうならないためにも、俺達は全力で優月を守る。だからこれは最低限の措置なんだ」
　……あたしが、狙われるの……？
　一気に体が不安に包まれた時、あたしを凍りつかせるような和希の声。
「アンタは兄貴の弱みになったんだよ」
　あたしが……弱み……？
　また凌牙に目を移すと、今度は静かにこっちを見ていた。
　黙ったままで、和希の言葉は否定しない。
　少しずつ、色んなことが分かってきた気がした。
『俺の女になれよ』
　なんだ……そういうことか……。
　トップの女になれば、安易に手出しはされない。
　だけど、SPIRALのような卑劣な族がいるから、万一に

備えて警戒が必要……。
　だから車で登校しなきゃいけない。
　じゃあ……凌牙の昨日の話も……。
　"試してみるか"よりも、意味合いのないもの。
　どれもこれも、あたしを拾ってしまったがための"措置"。
　理由が分かったあたしの体から、一気に力が抜けた。
　あるわけないけど……ほんの少しでも期待した自分が笑える。
　凌牙が女に不自由してるはずない。
　あたしを選ぶ理由も見つからない。
　万にひとつの可能性を考えたって、出会って３日やそこらで恋愛感情が生まれるわけない。
　……生まれるわけないのに。
　……どうしてあたしは、こんなに傷ついてるの……？
　胸が痛くてたまんない。
　傷つくもんか……って頭が指令を下すのに、心が言うことを聞かない。
「和希いっ！　ん な言い方ねぇだろ？」
　沈黙が続くこの部屋の空気を替えようとしたのか、大翔が和希にヘッドロックを掛ける。
　……やっぱり、あたしは期待なんてしちゃいけない人間なんだ。
「学校くらいひとりで行けるから大丈夫」
　震えながら口にする。
　大丈夫なんかじゃないけど。

わけのわからない暴走族に何かされるなんて御免だ。
……だけど……。
なんかもう、どうでもよくなって来て。
時計の針は7時半を回った。
ああ……もう完全に遅刻だな……なんて思いながら鞄を手にしたとき。
「ふざけんじゃねぇぞ」
殺気立つ声が背後から聞こえてきた。
ビクッと肩が上がる。
「オマエひとりの問題じゃねぇんだ。灰雅全体に関わる問題なんだ」
口調こそ静かだけど、どこか熱を持った凌牙の声は、今日もあたしを震え上がらせた。
「オマエがやられるってことは、灰雅の敗北を意味する。オマエがよくてもこっちはよくねえ」
怖くても、その真剣なまなざしから目が逸らせない。
「灰雅に命懸けてるヤツもいる。そんな簡単な問題じゃねぇんだ」
最後は低い声でそう言うと、あたしに睨みをきかせながらこの部屋を出ていく。
外ではバイクの激しいエンジン音が聞こえ、それはやがて遠くなった。
今の言葉は、灰雅のトップに立つものとしての責任。
何百という支部のメンバーのことを考えた上での発言。
あたしは、改めて知った。

あたしがあの車に乗った瞬間から。
　戻りたくないと言ったその時から。
　あたしは灰雅の一員で。
　それは、凄い覚悟がいることなんだって。
「……ったく……凌牙も大袈裟だなー」
「あんま気にすんな。だけどマジなんかあってからじゃ遅いし車使えって」
「なんなら俺がバイクの後ろに乗っけてってもいいけど？」
「大翔が女子高に行きたいだけだろ」
　大翔と旬は、いつもの調子で言う。
　それでも真顔であたしをジッと見据えているテルさんを見れば、それは大袈裟でもなんでもないんだと分かった。
　暴走族という世界は、決して甘くない──。
　和希も同じような顔で頭をひねる。
「どうして兄貴は、こんな面倒くさい女を拾うんだよ……」
　そう呟いた和希の言葉はもっとも過ぎて、言い返す気すら起きなかった。
　"面倒くさい女"。すごく重たい言葉だった。
　あたしみたいな人間のせいで、灰雅が敗北するなら。
　結局あたしは灰雅にとって……凌牙にとって、お荷物なだけ。
　あたしの存在は灰雅にも凌牙にも迷惑をかけているとしか思えない。
　和希の言う通り。
　あんなに真剣になるくらいなら。

そんなに簡単な問題じゃないなら。
あたしなんて拾わなければいいのに。
なのに……どうしてわざわざ……。
そんな目で疑問を投げかけたあたしに、テルさんはさらりと言う。
「俺らが守ればいいだけのことだ」
そういう問題……？
「……とにかく、今後ひとりでの通学は絶対認められない」
テルさんの言い方は、凌牙ほど威圧感もない。
だけどなぜか従わなくてはいけないという、不思議な心理が働く。
それにあそこまで凌牙に言われたら、ノーとは言えない。
「車がどうしても嫌だと言うなら、大翔がバイクで送っていけ」
「俺は構わねーよ。むしろ毎日あの花園に行けるなんてラッキー」
鼻の下をダラーっと伸ばした大翔を見て、汗が出た。
ジャン高の制服で、バイクで送迎なんてあり得ない。
金曜日の騒動が生々しく蘇る。
「……じゃあ車で……」
二択なら、そう答えるしかなかった。
あたしの送迎なんて軽自動でも十分すぎるくらいなのに、外にはやっぱり黒塗りの高級車で、強面のお兄さんが運転席に座っていた。
こんな小娘の送迎を言い遣わされるなんて嫌な仕事だよ

ね……。
　凌牙もテルさんも乗ってない車で、こんな扱いをしてもらうなんて肩身が狭すぎる。
　あたしは消え入りそうな声で言う。
「……よろしくお願いします」
　……返事は、ない。
　アクセルが踏まれ、車が発進した。
　あたしひとりなのに、こんな大きい車……。
　座面はふかふかで、窓ガラスにはやっぱりスモークが掛けられていた。
　思いのほか安全運転で、流れる車窓の景色をぼんやりと眺める。
　凌牙はいったい何を考えているんだろう。
　あの時は、あたしに同情してあそこから連れ出してくれたのかもしれない。
　それでも、結局は"女"っていう厄介な拾い物をしたと、今頃後悔してるんじゃないの？
　"俺の女になれよ"……それは、措置。
　……そこまでして、どうして……？
「お名前は……？」
　ふと思い立って問いかけると、少し驚いたような顔をした運転手さんとミラー越しに目が合った。
　数秒の間があって、やっぱりこの人は答える気がないんだと悟り、頭を下げた。
「……すみません」

この運転手さんだって、きっと柳迅会の人間。
　あたしごときが気安く名前を聞けるような相手じゃないんだ。
　何も答えてくれなかった運転手さんに、気まずい思いを抱えながらその後はずっと口を噤んでいた。
　……なんだか……息が詰まる。
　30分くらい走ると、楓の制服を着ている子が数人見えてきた。
「ここで降ろしてください」
　この道を曲がれば校門が見えてくる、そんな位置で運転手さんに声を掛けた。
「校門前まで送ります」
　初めて運転手さんの声を聞いた。
「ここでいいです」
「でも、そのように言われていますので」
「こんな車が校門に横付けされていたら、みんな驚きます。あたしも色々と面倒なことは避けたいですから」
　この距離で、どこかの暴走族に襲われるはずなんてない。
　金曜日のことで、これからクラスメイト達にどんな尋問をされるかと思うだけで頭が痛いのに、また騒ぎになっても困る。
　出来るだけやんわりと、でも確実に停めてもらえそうな言葉を選んで伝えた。
「……分かりました」
　意外にも物分かりのいい運転手さんだったらしく、車は

コンビニの駐車場で停まった。
「飯田(いいだ)です」
「……はい?」
　体を半分外へ出したとき、中から声が聞こえて振り返る。
「私は飯田と申します。お気をつけて」
　強面の顔が、少し照れていた。
「……飯田さんありがとうございました。行ってきます」
　お礼を言うと、少し微笑んでから車を降りた。
　昇降口で靴を履き替えている時から、いつになく視線を感じた。
　少し距離を置いて、みんながヒソヒソ言っている。
　……これって。絶対、灰雅効果だ。
　あれだけの規模の暴走族。
　それなりに覚悟はしてたけど。
　はっきり言って、ヒソヒソなんてレベルじゃない。
　『あの子が?』とか『信じらんない』とか。
　どうしてあたしが灰雅の幹部と知り合いなのか、疑問視するような声をやたらと耳が拾う。
　耐えられなくて俯きながら、小走りで教室へ向かった。
　教室へ入った瞬間、遠慮のないクラスメイト達に一気に囲まれた。
「優月っ!　金曜日のアレ何っ!?」
「あれからどこ行ったのよ!」
「大翔さんと優月って付き合ってるの?」
「ねぇいつから!?」

「メッセージ送ったんだけど見てくれた!?」
　答える間もないくらいの質問攻め。
　あたしはなんて答えていいかもわからず。
　首を縦に振ったり横に振ったり、曖昧な返事を繰り返す。
　そんなクラスメイトとあたしのやりとりを聞いた外野がまた大騒ぎして。
　その日学校が終わる頃には、大翔はあたしの彼氏だということになっていた。

灰雅本部

　朝と変わらぬ重い足取りで校門を出ると、朝車を降りた場所に同じ車が停まっているのが見えた。
　ゆっくりゆっくり歩いていくと、あと数メートル手前というところで、運転手さん……飯田さんが車を降りて後部座席のドアを開けてくれる。
「おかえりなさい」
「……帰りまで、すみません……」
　あの一夜にして変化した、あたしの身辺。
　ものすごい待遇で、自分の置かれてる立場を錯覚しそうになるけど、勘違いしちゃいけない。
　……これはただの、"措置"だっていうことに……。
　シートに体を預けて目を瞑る。
　5時半起きで。凌牙に怒られて。学校では質問攻め。
　今日は1日、本当に疲れた……。
　……ああ……。凌牙に会うの気まずいな。
　もう、熱が収まっていればいいけど……。
　あまりの疲労に睡魔が襲う。
『俺の女になれよ』
　変なことを言うから、あたしはこの2日間ロクに眠れてないし。
　それが"措置"だなんて知らずにドキドキしてた自分に、笑いすら漏れる。

起きてなきゃという意識とは逆に、重い瞼がおりるのには、そう時間は掛からなかった。
「……さんっ……優月さんっ」
　───ハッ。
　気づいたら、心地よい振動は止まっていた。
「……あ」
　周りの景色も停止していて、家についたんだと分かる。
　と、同時に凌牙の顔が頭に浮かび。
　……凌牙……。
　思い出したら胸が疼き出す。
　会いたいのに、会いたくない。複雑な気持ち……。
　あたし、どうしちゃったんだろう……。
　とにかく降りないと。
　そう思って、まだだるい体を無理やり起こすと、見渡す景色が思っていたものと違った。
　つまり、ここは朝家を出た場所じゃない。
「どこ……ですか？」
「ここへお連れするよう言われてますので……」
　と言われても、あたしは何も言われてないから分からない。すると、車の窓ガラスを誰かがバシバシ叩いた。
「あんたが優月～？」
　長い金色の髪を豪快に巻いた、ものすごく大人の雰囲気漂う女の人。
　な、なんなの？
　あたし、どこに連れてこられたの？

ここへ来るのは凌牙の指示だったみたいだし、仕方なくドアを開ける。
　車を降りると、女の人はあたしを見て。
「へぇ〜」
　と、ひとりで納得していた。
　何が「へぇ〜」なのかは謎だけど、あたしはこの人が誰なのかを知りたい。
　よく見ると、ジャン高の制服を着ている。
「あたし麗美。凌牙の仲間だから安心して」
　黒いセーラー服が、恐ろしいほどよく似合っている彼女。
　とてもセクシーに見えて、今出したらもったいないくらいのフェロモンが、勝手に出ている。
「……はい、森嶋優月です。よろしくお願いします……」
　凌牙の仲間と聞いて、少し警戒心が解れた。
「そんな堅苦しい挨拶は抜き抜き〜。さ、行こう？」
　麗美さんは馴れ馴れしくあたしの腕をとって、ズンズン足を進めたけれど。
　行こ……って。
「あの、ここは……どこなんですか……？」
「ここ？　灰雅の本部よ？」
「本部……」
　そういえば、この倉庫。
　この間の暴走で来たところだと、今気づいた。
　昼と夜の違いのせいか、全然わからなかった。
　よくよく見ると、沢山のバイクがそこらじゅうに停まっ

ている。
「凌牙はまだ来てないけど、中入って待ってよう」
　麗美さんがそう促したとき。
　ブォォォンッーーー!!
　ものすごいエンジン音を轟かせたバイクが侵入して来て、倉庫の前で停止した。
　随分と改造されたゴツいバイク。
　２人乗りで、後ろには女の人。
　運転していたのは、同じくジャン高の制服を着ていて、スラリとしたモデル体型の男の人。
　ヘルメットを取った彼は、アッシュグレーのアシンメトリーな髪型を無造作に直しながら近寄ってきた。
　小綺麗で、どこか甘さを漂わせるその顔に、無意識に目を奪われる。
「うるさいなあ、もう」
　あからさまに耳を塞いだ麗美さんに、苦笑いしながら彼が問いかけた。
「この子が噂の優月ちゃん？」
　……噂？　あたし噂になってるの？
「そうそう、噂の優月ちゃん」
　当然のように麗美さんは頷いた。
「琉聖だ。よろしくな」
　直視されて、顔が熱くなる。美男子を前に、ぼーっと突っ立っているあたしを我に返す麗美さんの声。
「この間は大変だったもんねー」

ポン、と肩に手を乗せられ。
「……？」
　なんのことかわからない顔をしたあたしに、笑いながら琉聖さんが言う。
「集会で迷子になってたよな」
「……っ！」
　琉聖さんが、あのときにあたしを囲んでいた白装束のひとりだったんだと理解した。
　……それは、噂にもなるかもしれない……。
「琉聖は、灰雅の副総長やってんの」
　そう、麗美さんに言われ。
　ハッとして、慌てて頭を下げる。
「森嶋優月ですっ。よろしくお願いしますっ……」
　副総長ってことは、凌牙の次の権力者なんだ……と思いながら。と、その向こう。
「琉聖！　置いてかないでよ！」
　ヘルメットを取り、ふわふわな髪を跳ねさせながら小柄な女の人が小走りでやってくる。
　膨れっ面をしているのに、全然嫌味な顔をしていなくてむしろ可愛い。
　ふわりとした優しい印象を持つ彼女は、琉聖さんの彼女なんだろうと直感した。
「ああ……悪い」
　琉聖さんは、彼女の手からヘルメットを受け取る。
「えっ……」

一見お嬢様風の彼女が暴走族のバイクからおりてきたことにも驚いたけど、もっとあたしを驚かせたのは別のもの。
「それっ……！」
　あたしと同じ制服を着ていたから。
「同じ高校だなんてホント奇遇。あたし３年の水谷七海。仲良くしてね」
　七海さんはにっこり笑うと、嬉しそうに言った。
「あ、あたしは森嶋——」
「優月ちゃんでしょ。凌牙くんから話は聞いてる」
　何度も自己紹介してるのが分かっているのか、ふふっと可愛らしく笑う。
「よ、よろしくお願いします……」
　ところで。
　凌牙はあたしをなんて説明したんだろう……。
　知りたいけれど、それを尋ねる余裕なんてなかった。
「旬くんが優月ちゃんの制服を見て楓女学園って分かったのは、あたしの制服と一緒だったからみたいなの」
　再びふわりと可愛らしい笑顔を見せる彼女は、楓には相応しいけれど。
　暴走族の彼女っていうのは随分イメージとかけ離れている感じがする。
　どこで暴走族と出会うんだろう……。
　やっぱり合コン好きな楓ならでは……？
「おせえなあ」
　するとまたひとり、倉庫の中から咥えタバコをした男の

人が出てきた。
　この人もジャン高の制服で、足元は……ビーサン？
「あー、あんたが優月？」
　目つきの悪い顔をあたしに向ける。
　顔は……よく言えばキリッとしていて男らしい……けど、申し訳ないけどすごく怖い。
　綺麗な顔立ちが多い灰雅幹部の中で、唯一顔だけで相手を威嚇できるのは彼だけかもしれない。
　こんな顔つきの人、族にひとりは必要かも……と心の中で密かに思った。
「これあたしの男〜。烈」
　腕に手を絡めながら麗美さんにそう紹介された彼は。
「てめぇの男じゃねーけどな」
　麗美さんを横目で見て訂正したあと、文句を言う。
「ったくタラタラ喋ってねぇでとっとと中入って来いや。だから俺が迎え行くっつったんだよ！」
「だっていきなりこんなんに出迎えられたらビビるじゃん？」
「こんなんで悪かったな」
　どうやら、あたしを出迎える時のことを言ってるみたいだけど。
　いきなり始まった目の前のバトルに戸惑う。
「てか、麗美がここにいた時点でビビったろ？」
　烈さんにそう言われ、なんて答えていいか分からず、とりあえず苦笑いすると。

「は？　マジで？」
　麗美さんは、心外って顔をあたしに向けた。
　……正直に言えば、確かにびっくりした。
　どこへ連れて来られたのかと思ったし。
　だけど女の先輩を敵にも回せないし、ここは空気を読む。
「麗美さんでよかったです。男の人だったら、ちょっと怖かったかもしれないので……」
「でしょ？」
　一気に麗美さんは笑顔に戻る。
「チッ」
　烈さんは軽く舌打ちしながら、次のタバコを手にした。
「てめぇ調子乗ってんな、んな顔してよ。ケバイんだよ」
「ケバイのは今関係ないでしょ!?　あんたこそ、そのヤクザみたいな顔どうにかしたら？」
「なんだと？　それテルさんの前で言ってみろよ」
「立ち話もなんだから行こうか」
　そこで話をブッタ切った琉聖さんは、みんなを従えて倉庫の中へ入っていった。
　顔を見合わせて、口を閉ざす麗美さんと烈さん。
　戸惑い顔のあたしに気づき、バツの悪そうな顔をした。
　……なんか、よくわからないけど、すごかったな……。
　一瞬でこの場を流した琉聖さんに、副総長としての風格と人柄を悟る。
　威力のある態度と言葉で灰雅の統率を図っている凌牙とは違い、きっと、冷静にみんなをまとめる力があるのだと。

淡々と話すところは、どことなくテルさんと雰囲気が似ている。
　それでも言葉に柔らかさが含まれているところに、育ちのよさを感じて。
　暴走族と言っても、色んな人がいるんだと、無知なあたしは変に感心してしまった。
　倉庫の中は少し薄暗くて、折りたたみ式の長テーブルやパイプ椅子が乱雑に置かれていた。
　ビリヤードの台やダーツ、テレビゲームなんかも置かれていて、みんな自由に遊んでいる。
「琉聖さんお疲れッス！」
　琉聖さんに気づいた彼らは口々にそう言い、ペコペコと頭を下げた。
「……みなさん、灰雅のメンバーさんなんですか？」
「そうだよー」
　誰にともなく話しかけた問いに答えてくれたのは、麗美さん。
「毎日ここへ来るんですか？」
「うん、だいたいここで遊んでる〜。みんな暇だし」
　ここはまるで、放課後のクラブ活動のようだった。
　それぞれが、生き生きした表情をして、好きなことをやっている。
　……これが。
　凌牙が今朝、全力で守りたいと示した"灰雅"なんだ。
「ここがヤツ等の居場所だから」

琉聖さんが補足する。
　"居場所"。その言葉に、心が反応した。
　じゃあ、あたしもここを居場所にしていいの……？
　あの家と、もうひとつ……。
　好奇心にも似た高揚感が、あたしの心の中にじわじわと広がっていく。
　もっと奥へ進むと階段があって、その上は中２階となっているようだった。
「この先は基本的に幹部しか入れないの」
「えっ……！」
　七海さんに耳打ちされて、琉聖さんに続いて３段のぼってしまった足を止めた。
　それならあたしは入っちゃ駄目だから。
「ふふっ、幹部の彼女は大丈夫だよっ！」
「え、でもっ……」
　焦るあたしの手を七海さんが取る。
　そして駆け足でのぼる七海さんに引き連られるように、あたしも中２階へと足を踏み入れてしまった。
　あたしは誰の彼女？
　……いや、誰の彼女でもないはず。
　だって、凌牙とはまだ協定出来ていないんだから……。
　入って大丈夫だったのかな。
　あたしの心配なんかつゆ知らず、みんなはソファでくつろぎモードに入っている。
「優月ちゃんもこっちこっち！」

「あっ……とっ……！」
　ボスッ――……。
　座ってしまった……とてもふかふかなソファ。
　大画面テレビもあり、明らかに下よりは居心地のよさそうなスペースだった。
「失礼します！」
　全員が座ったところで、すぐにテーブルの前にサッと飲み物が出された。
「麗美さんのには氷多めに入れておきました！」
「おー、モヒカン！　いい仕事するねー」
　飲み物を持ってきた彼の頭を、麗美さんがグリグリと撫でる。
「そんなことないッス」
　と言いながらも、モヒカン頭の彼はすごく嬉しそう。
　琉聖さんに飲み物は何がいいか聞かれ、小さい声でウーロン茶と言うと、さっきのモヒカン頭の彼がすぐに持ってきてくれた。
　みんなの話題はあたしに集中し。
　今日の学校での続きみたいに、質問攻めにあう。
「はぁ……」とか「まぁ……」とかしか返事が出来ないのにいじられるあたしは、ソファに背も付けることが出来ずに小さくなっていた。
　だってこんなとこに連れて来られて、正直どうしていいのか分からない。
　旬や大翔にだってようやく慣れてきたところなのに、い

きなりこんなシチュエーション。
　しかも、幹部部屋に放し飼いするなんてハードルが高すぎる。
　あの家の人間は、誰もいないんだし……。
　この際、和希でもいいから来てほしい。
　と、ここでまた色んな疑問が湧きあがった。
　みんな彼女同伴ってことは、じゃあ今日、テルさんや大翔達の彼女にも会えるんだろうか……。
　灰雅の幹部5人とテルさん、で、彼女が6人……だとすると。ざっと計算しても12人。
　和希にだって、いっちょ前に彼女がいるかもしれない。
　……ここにそれだけの人数が集結するの？
　そして最大の疑問。そもそも凌牙に彼女はいないの？
　最強暴走族、灰雅の総長。
　……誰があんな権力者を放っておく？
「彼女がいるのは俺だけだよ」
　はっ、と顔を上げると、真横にいる琉聖さんがおかしそうに笑っていた。
　……恐るべきあたしの口。すべて駄々漏れだったようで。
　……恥ずかしすぎて死にそう。
「うん。あたしと麗美ちゃん以外の女の子は来ないから安心して」
　何に安心したらいいのかは分からなかったけど、七海さんの笑みには首を縦に振ってしまう説得力があって。
　とりあえず頷いてから問いかけた。

「意外です……。みなさん素敵だし、彼女は当然いるものだと思っていました」
　灰雅の幹部という肩書きだけでも、彼女なんて作りたい放題かと思ったのに。
　学校の子達だってあんなに騒いでいたし。
　暴走族って、意外と硬派なんだな。
「彼女がいないからって、女に不自由してる訳じゃないよ」
　甘い思考をまたブッタ切ったのは、琉聖さん。
　その意味が分からなくて、首を傾げた。
「大翔達は女好きだからなー」
　烈さんが平然と言う。
　……ああ。そっちか。
　要は、特定の彼女を作らず、好き放題侍らせてるわけか。
　でもそんなことを当たり前のように言われて、あたしはどう反応すればいいんだろう。
　それにまた"達"でくくられたけど、その中に凌牙も入ってる……？
　表情を作るのに困っていると、七海さんが笑って肩に手をかけた。
「男ってホント嫌な生き物だよね？」
　同調を求めるような声に、どう反応していいのか分からない。
「はぁ……まぁ……」
　心中、穏やかじゃない。
　大翔や旬は別にいいのに、凌牙がそうだと思ったら、な

んだか胸の中がモヤモヤして……。
「あれ？　優月ちゃんどうかした？」
　俯いたあたしの顔を、七海さんが下から覗き込んだ。
「なんでも……ないです」
　すぐに切り替えて顔を上げると――。
「他人事みたいに言って、自分もでしょ!?　ったくこのサルが！　あたしみたいにイイ女がいんのに、烈ってばどこに目ぇつけてんのよ！」
　目の前では、また騒々しいバトルが勃発していた。
　麗美さんは、烈さんの目玉を瞼の上から押す。
「痛ぇ！　てめぇ、マジやられてえのかよ！」
　ビクッ。
　"マジ"な声に、手にしたウーロン茶がグラスの中で大きく波打った。
　その顔でそんな声を出されたら普通震えあがってしまいそうなのに、逆に麗美さんは喜んでいた。
「えっ？　ヤッてくれんの？」
「アホ、お前の考えてるヤルじゃねえ。こっちのヤルだ」
　烈さんはバカにしたように言って、自分の首元に切り込みを入れる仕草を見せた。
「ちょっと、麗美ちゃん！　烈くん！　優月ちゃんはまだ免疫ないんだからね？」
　七海さんが２人をたしなめて、固まっているあたしの肩を抱いた。
「この２人はいつもこんなんなの。ほっといていいからね」

「は、はい……」
　あたしは渇いた喉を潤すように、ウーロン茶をひと口飲んだ。ほんとに、刺激が強すぎる。
「セットにすんなっつーの」
　烈さんはそう言い「コンタクトずれた〜。どけっ！」と、くっついている麗美さんを押しのけると、痛ぇ痛ぇと言いながら、どこかへ消えていった。
　わああ。
　そんな光景を見てポカンとするあたし。
　麗美さんは烈さんが好き。烈さんもそれを分かっていて、まんざらでもなさそう。
　だけど付き合ってない……？
「ったくもー！」
　奥歯で氷をガリガリ噛む麗美さんは、烈さんにあしらわれても全然めげてなさそうだった。
　……はぁー、強いな……。
「烈くんの女遊びはいつ治るんだろう」
　七海さんにそんなことを言わせるほど、烈さんの女関係は激しいのかな。
「病気だから無理だろ。烈もいい加減、麗美を彼女にしてやりゃいいのに」
　琉聖さんも呆れていた。
「そう言う琉聖だって、本当のところはどうかわかんないよね」
　七海さんが琉聖さんを悪戯っぽい目で見上げると。

「俺はお前だけだ。んなこと今更言わせんなって」
　琉聖さんは、七海さんの肩に腕を回した。
「さあ？」
　あたしなら失神してしまいそうな言葉を言われているのに、七海さんは笑って受け流す。
　きっと、琉聖さんが言ったことは本音で、七海さんもそれを分かっているんだと思った。
　まだ数分しか２人を見てないけど、なんとなく心の深いところで繋がっているように感じる。
「しかし、凌牙がここに女を連れてくるとはな」
　仕切り直すように、琉聖さんがまじまじと顔を見るから恥ずかしくて俯く。
　そんな素敵な眼差しに耐えられるほど、あたしは図太くない。
「じゃあ、マジ凌牙のって解釈でいいわけね？」
　噛み砕いた氷をゴックンと飲み込んだ麗美さんも、身を乗り出す。
　その言い方を聞く限り、あたしに対する所有の所在ははっきりしてないみたい。
「そうなんだろ？　なあ？」
　琉聖さんの言葉はあたしに向けられて。
　その"そう"は、凌牙の女っていう意味なんだろうけど。
　……そんなのあたしが知りたい。
　あたしに決める権利があるのかも分からない。
　結局は、拾われた女だから。

「あら、あたしは大翔くんと付き合ってるって聞いたけど？」
　七海さんがクスッと笑った。
　……え？
「マジぃ？」
「七海、それ本当か？」
　鵜呑みにした麗美さんと琉聖さんが、驚いた声をあげる。
「……そこまで情報回ったんですね……」
　さすが女子高……と、思いながらガックリ肩を落とす。
　今日流れた"森島優月は灰雅のヒロトと付き合っている"というガセネタ。
　否定したところで、あたしひとりの力でなんか収束できなかった。
　今日一日で、どれだけの人があたしを大翔の彼女だと勘違いしたんだろう。
　３年の七海さんが知っているくらいだから、明日には全校生徒が知っているかもしれない。
　……憂鬱。
「……それは、どういうことだ」
　どこからか、説明を求める声がした。
　淡々とした声に、なんとなく誰かが分かる。
　顔を上げると、このフロアには、あの家のジャン高２年組とテルさんがいた。もちろん、凌牙も。
「……あ……」
　声の主は思った通りテルさんだったらしく、その視線は

あたしへ注がれている。
　大翔と付き合ってるっていう噂話を、どうやら聞かれたようで。
　真面目に否定するのもおかしいような話に、顔を緩めて口を開きかけたとき。
「いやぁ～じつはぁ～……」
　大翔が照れくさそうに頭をかいた。
　……え。何言ってるの？
　ここは否定するところだよね？
　慌てて凌牙に目を移すと、険しいブラウンの瞳が、あたしをジッと見つめていた。
　今朝以来の対面に、ドキドキするけど。
　こんな場面で遭遇なんて。
　間が悪すぎて、慌ててその瞳から逃れた。
「――――帰る」
　……？
　再び凌牙に目を向けると、すでに踵を返していて。
　今のぼって来たばかりの階段をおりていく。
　えっ。どうして!?
　訳が分からずその背中を呆然と見送る。
「やだあ。総長ご立腹？」
「子供だな、凌牙も」
　楽しそうな顔をしている麗美さんと、呆れたように下を覗く琉聖さん。
「はっ!?　今の真に受けるか!?」

悪ノリした大翔も慌てふためいて、柵につかまり身を乗り出す。
「で？　真相は？」
　こっちに目を戻した琉聖さんに聞かれ、あたしは学校での話をした。
　クラスの子達が盛り上がってそんな話になってしまったこと。否定したけど、聞いてもらえなかったこと……。
「……ごめん。あたし調子に乗って変なこと言っちゃった」
　本当に申し訳なさそうに七海さんが言う。
「ったく。本当だ」
「……ごめん……」
　琉聖さんにそう言われ、更にシュンとする七海さん。
　ちょっと待って。なんだかこの流れおかしい。
　これじゃあまるで凌牙の好きな人があたしで、あたしが好きなのが大翔だと勘違いした凌牙が拗ねて帰った。
　そんな風に取れなくもない。
「凌牙が拗ねると後が面倒なんだよ……わかってんだろ」
「だって、凌牙くん達が来てるって思わなくて……」
　琉聖さんに叱られた七海さんは、本当にシュンとしていて、見ているこっちが心苦しくなってきた。
　大翔も旬もテルさんも。
　なぜか、みんな一斉にため息を吐いている。
　この場の雰囲気を悪くしたのはあたしだと察する。
　やっぱりあたしなんかがここへ来るべきじゃなかったと思った時。

「送るよ」
　琉聖さんが立ち上がってあたしを見た。
　……撤収しろってことだ。
　冷静に事実を受け止めたあたしは、黙ったまま鞄を取って立ち上がった。
「なら俺が」
　ポケットからバイクの鍵を取り出す音と、テルさんの声。
「今日のところは俺が行きます」
　その手を止めた琉聖さんは、テルさんに座るよう促すと急いで階段をおりていく。
　誰だっていい――。
　今は一刻も早く、ここから立ち去りたい。
「失礼しましたっ……」
　みんなに頭を下げて、階段めがけて駆け出す。
「……優月ちゃん……」
　床に落ちるような旬の声が聞こえたけど、あたしは振り返らなかった。
　出口までの道のり、入って来た時と同じように全員がペコペコと頭を下げてくる。
　それに反応しない琉聖さんには倣えず、あたしはバカみたいにペコペコ返して外に出た。
「……あの……なんだかすみませんでした」
「どうしてキミが謝るんだ？」
　倉庫の外に出た瞬間そう声を掛けると、先を行っていた琉聖さんが振り返る。

「悪いのは凌牙だろ。ったく、冗談も通じないなんて」
　そうは言われても、今のはどう考えてもあたしのせいでしかない。
　元はと言えば、あたしの方がここに来る人間じゃないんだから。
「これ被って」
　バイク置き場まで来ると、ハンドルに掛けてあったメットを渡された。
「……はい」
　きっと七海さん専用なんだろう。
　琉聖さんとのプリクラが沢山貼ってある。
　そのいくつかはところどころが剥げていて、今の２人よりもずっと幼い感じのものもあった。
「やめろっつってんだけど」
「え？」
「ガキみてぇじゃね？」
　……プリクラのことか。
　そう言って笑う琉聖さんは呆れているようでもあり、そんな七海さんを愛おしく想っているようにも思えた。
「そんなこと……ないですよ」
　プリクラを撮るのがガキだとは思わないけど、暴走族には確かに似合わなさ過ぎる。
　琉聖さんも分かっているようで、表情は満面の笑みの七海さんと対照的なものばかり。
　ひとつも笑顔はなくて、まるで証明写真みたい。

「プリクラとか、あり得ないだろ」
　そう言いながらも、結局は七海さんの望むプリクラを一緒に撮っている。
　落書きされた一番新しい日付は1週間前だった。
「アイツが好きで、いつも撮らされるんだよ」
「はぁ……」
「しかも最近のはかなりの補整技術を持ってるから、誰だかわからない」
　あり得ないとか言っておきながら、まんざらでもなさそうなその顔に、ただのノロケを聞かされている気になってくる。
　落ち着いているように見えて、琉聖さんは案外お喋りな人なのかも。
　このままノロケを聞いててもよかったけど、あたしも聞きたいことがあった。
「琉聖さんは、楓まで七海さんを迎えに行っているんですか？」
　2人でバイクに乗って現れたということは、そう考えるのが妥当。
　だけど、こんなバイクが学校に現れたのなんて見たことがない。
「ああ、近くまでな」
「近く？」
「アイツが嫌がるから」
　ピンと来なかったものの焦点が、少しだけ合ってきた。

……迎えに行きたいのは琉聖さんで、七海さんは別に望んでない……？
「あそこも面倒くさい学校だよな。今時お嬢様なんて流行らないだろうに。こんな成りした俺が学校の前まで行ったら迷惑らしい」
「まあ……」
　要は、琉聖さんが七海さんにベタ惚れなんだ。
　結局これもノロケだったみたい。
「今、納得しただろ」
「いっ、いえそういうわけじゃ……。ただ、あたしもこの間大翔と旬が学校に乗り込んできて、心臓が縮む思いをしたので……」
　琉聖さんがどうの……と、いうわけではないと必死に弁解すると、とたんに真面目な顔に変わる。
「心配なんだよ。こんなのと付き合ってるから……」
　それは、今朝テルさんに言われた言葉を思い出させた。
　"族を潰すための手段として手っ取り早いのは女"。
　……琉聖さんは琉聖さんのやり方で、七海さんを守ってるんだ……。
「もし俺が迎えに行かなかった日にアイツに何かあったらと思うと、迎えに行くのを止められない」
　大事そうに七海さんのヘルメットを見つめた琉聖さんに、凌牙の横顔が重なった。
　凌牙があんなに怒りを露わにしてまで、電車通学を認めてくれなかった理由。

凌牙の彼女じゃなくても、灰雅の幹部の彼女というものが、どれだけ外部にしたら都合のいい標的か分からない。
　そうすると、また解けない謎が浮かぶ。
　だったらどうして、わざわざあたしなんかを拾ったんだろう。
　無理に彼女にしてまで、あたしを……。
「なんで俺、キミにこんな話してんだろうな」
　突然ヘルメットを被された。
　一瞬にして、視界が薄暗くなる。
　でもその直前、今頃自分のノロケに気づいたのか、赤くなっている琉聖さんを見逃さなかった。
「内緒にしとけよ？」
　綺麗な顔の綺麗な唇に、人さし指を立てる。
「わかりました」
　七海さんに秘密を作っていいのかという躊躇いはあったけど、七海さんにとって悪い秘密じゃない。
　いないところでこんな風に話題にされる七海さんは、とても幸せな女の子だと思った。

　てっきり荒々しい運転をするのかと思って身構えたけど、思いのほか安全運転で。
　むしろバイクの背中はすごく心地よかった。
　遮るもののない世界を走り抜けるのが、こんなに爽快だなんて初めて知った。
　今度暴走に参加させてもらえるなら、誰かのバイクの後

ろに乗せてもらいたい。
　出来れば、凌牙の……。
　だけど凌牙は総長だから、いつも車の中でああやってふんぞり返ってるだけなのかな。
　バイク、乗ればいいのに。
　この背中が、凌牙だったら……。
　そんなことを考えながら、思わず琉聖さんの腰に回した手に力を込めた。
「怖かった？」
　これからだ、そう思ったときには家についていた。
　倉庫からここまで、5分もかからないのを忘れていた。
「いえ。とても気持ちよかったです」
「そう？　途中で手がきつくなった気がしたから」
「……すみません。七海さんには内緒で……」
　凌牙を想ってたなんて、口が裂けても言えない。
「こんなことでアイツは妬かねぇよ」
　慌てたあたしを見て、琉聖さんはおかしそうに笑う。
　でも、そうでもないと思う。
　今日初めて会ったあたしが思うのもなんだけど、きっと琉聖さんが思っているより、七海さんは琉聖さんのことを想ってるように見えたから。
「近かったんですよね。歩いて帰ればよかったです」
　自分の指定席に他の女が乗るなんて嫌なはず。
　断ればよかったと後悔した。
「それは駄目だ。特にここの往復は必ず誰かに送ってもら

えよ」
「あ、はい……」
　そうだった。……みんな同じことを言うんだな。
「七海も楽しみにしてたんだよ、キミに会うの」
「そうなんですか？」
「あそこ男ばっかだし、麗美も到底女だと思えないし」
　苦笑いした琉聖さんに、ついあたしも笑ってしまった。
「そうだ。ここの鍵」
　琉聖さんが、テルさんから預かったらしい鍵を、ポケットから取り出して手渡してくれる。
　みんなは持っているようだけど、あたしは鍵を持たされてない。
　ひとりで帰ることは、やっぱり想定されていないようだ。
「ありがとうございました」
　それを受け取って再びお礼を言うと、バイクに跨った琉聖さんがもう一度あたしに視線を向けた。
「アイツかなり俺様で、キミからすればムカつくこともあるかもしれない。けど、不器用にしか生きられないヤツだから」
　……それは、きっと凌牙のこと。
　あたしは、凌牙のことはまだよく知らない。
「ダテに男の世界で育ってない。白黒はっきりつけたがる性格なんだ。そこんとこ分かってやってくれたら嬉しい」
　そういう琉聖さんは、凌牙をよく分かっているようで。
「たまにああやってガキみたいなことする時は、自分の気

持ちに素直になれてない時だから」
　羨ましいと思うこの感情は、なんなのだろう。
「いちいち気にしてたらアイツの女は務まんないぞ」
「あの……あたし」
　そうは言われても、やっぱり根本的な謎は解消出来ない。
　……いったい、凌牙は琉聖さんや七海さんに、あたしのことをなんて説明したのかな。
「……凌牙のそばにいてもいいんでしょうか……。あたしなんかがそばにいて、迷惑じゃないんでしょうか……」
　柔らかく笑った琉聖さんは、コンクリートの壁を見上げて言った。
「それは凌牙に聞けよ」
　……え？　まさか。
「拗ねて寝てるかもしんないけど」
「えっ!?　凌牙、今……家にいるんですか？」
「ああ。帰ってるはず」
　琉聖さんはガレージに停まっていたバイクを指さす。
　あたしは初めて見たけど、それが今朝爆音を奏でた凌牙のバイクらしく……。
　……嘘でしょ。あれから真っ直ぐ家に帰ったの？
　普通、バイク乗り回したり、ゲーセンとかふらついて、夜になっても帰らなくて、みんなが心配して探すパターンじゃないの？
　少なくとも、双葉園にいた子たちはそうだった。
「キミも、そう思ったから帰ってきたんじゃないの？」

「違います……」
　そんなの知ってたら、むしろ帰ってない。
　みんなと紛れて帰るに決まってる。
「やっぱりあたしも入れません！」
　この状況で凌牙と２人きりだなんて拷問(ごうもん)に近い。
　エンジンを吹かし始めた琉聖さんのバイクの後部にしがみつくけど。
「自殺でもしてたら困るから、ちゃんと様子見てよ」
「じっ……自殺!?」
　物騒な言葉を吐き出す琉聖さんに、心臓が止まりそうになる。
　どこに自殺する理由がある？
「じゃ、俺行くな。すぐ家の中に入れよ」
　呆然とするあたしを家の前に残し、琉聖さんはさっきとは倍のスピードで走り去っていった。
　自殺なんて冗談に決まってる。
　だけどここに放置されて、家の中に入らないわけにもいかない。
　どこかをふらつくとしても、この辺りの地理は全く分からないし、そんなことがバレたらすごく怒られるはず。
「はぁ……」
　凌牙が中にいるという、コンクリートの塊(かたまり)を見上げた。
　……何をどう話せっていうの？
『大翔とは付き合ってない』
　そもそも凌牙とも付き合ってないんだから、わざわざ訂

正するのもおかしな話。
　あたし、凌牙の女じゃないし……まだ……。
　単なる緊張だけじゃない、初めて感じるドキドキを胸に。
　あたしはゆっくり鍵を回した。

黒髪

　家の中はシンと静まり返っていた。
　凌牙はどこにいるんだろう……。
　まるで泥棒(どろぼう)のように忍び足で進むあたしに、だんだん聞こえてくる微かな物音。
　何かが跳ねるような、小さな小さな音。
　静かな家に響き渡るピタピタという音に、少しの恐怖を覚えながらその音の出所を探る。
　どうやらそれは、お風呂場から聞こえているようで。
『自殺でもしてたら……』
　琉聖さんの言葉が蘇る。
　最悪な絵が頭に浮かんだ。
「凌牙ッ!?」
　勢いよくお風呂の扉を開けた。
「…………あ……？」
「ごっ、ごめんっ!!」
　指を挟むんじゃないかという勢いで、扉を元に戻した。
　……確かに凌牙はいた。
　あたしが思うに、ただ単にシャワーを浴びていただけだと思う……。
　リビングに駆け込み呼吸を落ち着ける。
　見ちゃった。だけど……見てない。
　……いや、これは見たに入る？

……全裸の後ろ姿。
　この間見た寝起きの半裸より。
　タオル一丁の旬より。
　衝撃的な姿に動揺が隠せない。
「どう考えたって、自殺なんてするわけないよね……」
　バカみたい。
　琉聖さんに完璧やられたと、自分の頭をバシバシ叩きながらソファへダイブ。
　体なんてあたしがシャワーを浴びたみたいに熱くて、脳みそまで溶けてしまいそう。
　それでも衝撃的な残像だけは、無駄にこびりついて離れない。
　こうなれば、後ろ姿だっただけでもまだ良かったって思わないと。
「覗きが趣味か」
　ボソッと声が聞こえてヒヤリとする心臓。
　恐る恐る顔を上げると。
　いつの間にかシャワーを終えた凌牙が君臨していて、止まりかけた心臓がまたバクバクと動き出した。
「ご……ごめん……そんなつもりじゃ」
「だったらどういうつもりだ」
　ハンパなく機嫌が悪そうな凌牙は、突っ立ったまま言葉を落とす。
　濡れた毛先から、ポタリと滴が落ちた。
　水分を含んで束になる髪の毛が、どことなくいつもの凌

牙より幼く見せた。
　でもそれだけ……？
　………何かがいつもと違うと感じる。
「オマエ、ひとりで帰って来たのか？」
　睨みを利かされ、おどおどしながら答える。
「……琉聖さんが送ってくれて」
「手間取らせんな」
「……ごめん」
　分かってる。それはあたしも思ってる。
「みんなが帰るときに一緒に帰ってこい。チッ……」
　だけど、舌打ちまで混ぜてきた凌牙に、一気に反抗心が湧いた。
　……反論するべき？
　それは――凌牙が不機嫌そうに帰っていったのをみんなが変に誤解してあたしを帰らせた挙句、琉聖さんが自殺してるかも……とか脅すから――と、言いたいことは全てのみ込んで。
「……じゃあ……どうして凌牙は先に帰ったの……？」
　みんなに煽られた今、予想のつく言葉を言わせるだけなのにこんなこと聞くなんてむず痒い。
　凌牙だって、答えにくいはず……。
　だけど、琉聖さんにもちゃんと話して誤解を解けって言われたし――。
「用があったから」
　…………は？

アッサリ答えられて、しかも予想外の答えにあたしの方が言葉をなくした。
　……なんだ。あたしとは全然関係ないんだ。
　凌牙はただ、あのタイミングで用事を思い出しただけ。
「…………そう……」
　湧き上がるのは複雑な想いで、全身の力がガックリと抜けた。
「……なんだと思ったんだ」
「……いや……別に」
　バツが悪すぎて、語尾が小さくなる。
　ただ、みんなの誤解だっただけ。
　しかもそろいもそろって同じ誤解。
　そもそもあんな会話なんて、凌牙に聞こえてなかったのかもしれないし、聞こえていたとしても、どうでもいいことだよね。
　あんな大袈裟な事態になって、ただの私用だったなんて、恥ずかしくてみんなに説明できない。
　ここまでヤキモキさせて……なんかムカつく。
「……で、用事は終わったの？」
　間を繋ぐ。
「ああ」
　あたしがヤキモキしている間に、凌牙は用を済ませて。
　それはよかったじゃない。
「用事って、何よ」
　まだ違和感のある凌牙に、ボソッと問いかけた。

……やっぱり、何かが違う。
　間違い探しでもするように凌牙をジッ……と見つめていると、凌牙の方がそれに耐えられなくなったのか目を逸らした。
「見て分かんねえのかよ」
　……見てわかる用事？　そんなのあるの……？
　不機嫌そうに声を漏らされて、更に穴が開くように凌牙を見つめる。
　イイ男っていうのはいくら眺めても飽きることなんてなくて、まるでポスターかテレビの画面を見つめるように遠慮なく眺め続ける。
「……んなに見んなよ」
　やっぱり見過ぎだったみたい。
　絵に描いたような不機嫌顔でギロリと睨まれた。
「だって、見て分かんねえのか……とか言うから」
「分かんねえならいい」
　そんな言葉を残して、凌牙はくるりと方向を変えた。
　なにそれ。
　眺めてるだけで分からせようとするなんて、無理があり過ぎる。
　相変わらず無茶苦茶な凌牙に、苛立ちを通り越して呆れていると。
　…………え？
「ちょっと……あ!!」
　階段をのぼっていく後ろ姿を見て、違和感がなんなのか

分かった気がした。
　あたしは髪を染めたことがないし、金髪の人の髪が濡れたところを見たこともないから、確証はないけど。
「金髪も、濡れると真っ黒に見えるの？」
　あたしの知ってる凌牙と今、明らかに違うのはその髪色。
　いつもは綺麗になびく金色が、濡れているせいか真っ黒に見え、それでも元の質がいいのか光沢を放っている。
　凌牙の足が止まった。
「……付き合いきれねえ」
　ため息とともに、そう吐き出す凌牙。
「そんな風に言わなくても……っ」
「女にするヤツに似合わねえって言われて、放置出来ねえだろ」
　あたしの言葉を遮ると、面倒くさそうに放ち、階段をのぼっていく。
「……え」
　取り残されたあたしの頭は、イマイチうまく働かない。
　それでも記憶の欠片をうまく拾い集めたようで、あの場面がリプレイされていた。
『今時ド金髪って。そういうの流行らないんじゃない？ 頭だけ浮いてるし、やめたら？』
　凌牙の素性も知らないまま、命知らずなことをぶちまけた車内。
　昨日今日の話の流れを整理すると、あたしは凌牙の女になれって言われたわけで。

……"女にするヤツ"。
　凌牙が指す人物はあたし？
　凌牙、今、髪を黒く染めてたの……？
　それが凌牙の用事……？
　あたしがそう言ったから……？
　考えとけなんてあたしに返事を求めたくせに。
　結局返事も聞かずに、やっぱりあたしは"凌牙の女"になったんだろうか。
　そこに甘酸っぱい恋愛感情があるとかないとかは、関係なく。
　そんなに簡単なことなの……？
　凌牙はそれでいいの……？
　肩書きだけ先行して、自分の気持ちは置いていかれていく……そんな順序の違う疑似恋愛に戸惑いを隠せない。
　でも凌牙にすれば、気持ちなんてまったく関係ないんだと思う。
　だって、"措置"だから……。
　本当の恋人として、あたしとどうこうなろうってわけじゃないんだから。
　それでも。
　あたしの好みに配慮しようとする凌牙は、悪い人じゃないのかもしれない。
　……だけど。
「……あんなの嘘なのに」
　似合わないなんて勢いで口走っただけ。

ひと目見て、金髪とブラウンの瞳に目を奪われたあたしが確かにいた。
「綺麗、だったのに……」
　軽く放った言葉の重みを強く感じて。
　そして少しだけ後悔して、凌牙が消えた階段を見上げた。

　この家に凌牙と２人きりなんて、どうしていいか分からなくて、あたしはずっと部屋にこもっていた。
　やがて夜になり、リビングがザワザワしてきて。
　みんなが帰って来たんだと、あたしもゆっくり階段をおりると、ソファで雑誌を読む凌牙が目に入った。
　……下にいたんだ。
　てっきり隣の部屋にいると思って、無駄にドキドキしてたんだけど……。
　凌牙の周りでは、みんなが一斉に驚きの声をあげていた。
「兄貴!?」
「わーっ!!　黒くなってる!!」
「どうしちゃったんだよっ!?」
　あたしも内心それは同じで、乾いても真っ黒な凌牙の髪の毛を見て、本当に染めたんだと改めて知る。
「どうかしたのか？」
　テルさんにまでそう聞かれるこの事態は、よっぽどなことらしく。
「別に」
　それでも雑誌に目を落としたまま、ぶっきらぼうに答え

る凌牙。
　髪色について批判したことには、触れない方がいいんだと思った。
　あたしのため……。
　なんてそんな、自惚れるつもりもないし。
「あ、思い出した！　そーいや優月ちゃんに言われてたよな！」
　……大翔!?
「……優月に？」
　テルさんがそれに反応して。
　それは言っちゃダメ！
　……なんてあたしの願いも虚しく。
「この間、車ん中で金髪なんて流行んないからどうのって、なあ？」
「あーあー、すっごい面白かったアレな」
　旬も思い出したようにケラケラ笑うと。
　案の定。
　それは地雷だったのか、凌牙が雑誌をパタンと閉じ。
　無言のまま立ち上がり、こっちに歩いてくる。
「……っ……」
　息を潜め、階段の途中で足止めしていたあたしの前に来たと思ったら。
　目もくれず、何も言わずに通り過ぎ、２階へあがっていってしまった。
「なんだよ、またオマエかよ」

そして例のごとく機嫌が悪くなる和希。
　凌牙があたしに構えば構うほど、面白くないらしい。
　あたしに煙たそうな目を注ぎ、凌牙のあとを追うように階段をのぼっていく。
　心臓が、バクバクする。
　和希に睨まれたからじゃなくて。
　黒髪になった凌牙は。
　それはそれでよく似合っていて、ある意味総長としての風格が増した気がした。
　こういう世界では、金髪の方が悪そうでいいのかもしれないけど、総長としてならこっちの方が断然いい。
　落ち着いていて、それだけで柄の悪いヤンキーには見えなくなる。
　少し幼さを醸し出しながらも、男らしさは格段に増した気がして、妙な胸の高鳴りを抑えるのに、あたしは必死だったのだ。

総長の彼女

「優月ちゃん」
　教室移動からの帰り道。
　いつものように、みんなの輪に入っているのかいないのか微妙な距離で歩いていた時。
　掛けられた声に顔を上げると、そこには見知った顔があった。
「七海さん！」
　同じ制服を着て同じ学校だと分かっていたはずなのに、実際校内で会うとまた特別嬉しい気持ちになる。
　頭を下げて、七海さんに近寄った。
「こんにちは」
　衝撃の出会いから数日経ち、あれから一度も本部で会っていないものの、親近感が湧いてにこやかに声を掛ける。
「あ、うん。ねぇ、凌牙くんの誤解は解けた……？」
　挨拶もそこそこにそう切り出した七海さんは、可愛い顔がもったいないくらい悲壮感に溢れていた。
「……？」
「ごめんね、あたしが余計なこと言っちゃったばっかりに」
　……ああ、そっか。
　会話にタイムラグがあることを知る。
　あの騒動から３日経ち、あたしと凌牙の関係にこれといった変化が生まれたわけでもない。

だからといって、大翔とのことで何かを誤解されているわけでもない。
　すでに過去になっていた話題を振られ、一瞬なんのことかわからなかったけど。
　その後本部に来てない七海さんの時間は、凌牙が不機嫌に本部を出ていったところで止まっているんだ。
「それなら、もう大丈夫です。それにもともと七海さんのせいじゃありませんって」
　琉聖さんも言っておいてくれればいいのに。
　結局、誤解でもなんでもなかったんだけど。
　一方的な凌牙の我儘だ。
　それに、あたしのために髪を染めたようなことを言っておきながら、凌牙のあたしに対する態度は全く変わっていない。
「よかったぁ」
　花が咲くように満面の笑みを零す七海さんを見て、同性から見てもなんて可愛い人なんだと改めて思う。
「優月ちゃんは今日も行くの？」
「行く……って……？」
　唐突に尋ねられて、首を傾げる。
「本部に」
「あ。ええと……多分そうだと思います」
　自分の意思じゃなくて、ただ飯田さんに連れていかれるだけ。
　この数日、毎日倉庫へ送ってもらって、誰かのバイクで

家まで帰る。そんな繰り返し。
「いいなぁ」
　胸にテキストを抱えたまま、淋しそうに床に視線を落とす七海さんに疑問を感じた。
「七海さんは行かないんですか？」
　そう言えば、初日以来見てないけど。
　烈さんの正式な彼女じゃない麗美さんでさえ毎日来てるんだから、七海さんが来られない理由はないと思う。
　あんなに愛されている、琉聖さんの彼女なんだから。
「うん……あたしはたまにしか行けないから……。琉聖に、よろしくね」
　そう答えた七海さんはどこか淋しそうで、その理由を聞いていいのかも分からなかった。

　本部に着くと、いつものメンバーはすでに全員顔をそろえていた。
「お帰り～」
「優月ちゃん待ってたよー！」
「……遅くなりました」
　遅くなった自覚はないけど、みんなの飲み物はもうそろっていて、便乗するには遅すぎた。
『ここに来たら、好きなものを下のヤツに頼んで』
　テルさんにはそう言われてるけど、まだひとりで頼んだことはない。
　ここに来たばかりのあたしが、やっぱりそれだけのため

に人を働かせるのは忍びなくて、飲み物を頼めないまま空いてる席に腰掛ける。
　完全アウェイ状態。
　内向的なわけじゃないけど、こういうことには積極的になれない。
　そうしてるつもりはないのに、やっぱりどこかで人の顔色を覗いながら育ってきたからかもしれない。
　遠慮はある意味クセ。友達に変に気を遣うのも。
　そんな空気を察して、周りからも友達としてあまり認識されてないのかもしれない。
　結局は、自分のせい……。
　凌牙はあたしから一番離れた席に座り、隣にいるテルさんと密談していた。
　ここでは大翔や烈さんを始め、くだらない話をしていることが多いけど、あの２人は独特の雰囲気を醸し出していてあまり輪に入ってこない。
　今日だって、あたしが来たことにも全く気づいてないと思う。
　……ここに来させているくせに。
　あたしが凌牙の女……ということは、早くも灰雅のメンバーには知れ渡ったようだけど、あたしが来る意味があるのかは不明だ。
　真っ直ぐ帰って鍵を閉めておけば、危険なことなんて何もないし、出来れば家で自習でもしてた方が落ち着くんだけど。

ふと見渡した先には、ステンレス製の扉。
　このスペースの奥に、ドアノブがひとつ付いている扉があることに昨日気づいた。
　それは物置なのか部屋なのかは分からないけど、誰かが開けるところはまだ見ていない。
　なんの部屋なんだろう……？
「飲まねぇのかよ」
　横から嫌味な声がした。
「喉渇いてないし」
「いつまでも頼んでもらえると思うなよ」
　たまたま隣が和希で、まだお客さん気分が抜けないあたしを睨む。
「うるさいなぁ……」
　頼めないのを知っていて、意地悪なことを言ってくる。
「ああウマイ」
　そしてこれ見よがしに喉を鳴らしてコーラを飲む。
　そんな風に飲まれると、喉なんて渇いてなかったはずなのに無駄に喉が渇いてきた。
　頼んでみようか、どうしようか。
　自分の中で葛藤が始まる。
　一度頼んでしまえば、次から楽に頼めるんだろうけど。
「いつものでいいか？」
「あ、はい。お願いします」
　天から降ってきたようなその声に、あたしは迷わず頷いていた。

いつもの……という響きにどこかくすぐったさを覚え、今日も結局甘えてしまった。
　こういう時、救いの手を差し伸べてくれるのは、決まって琉聖さん。
　初日に感じた人柄に加え、とても優しい人だということも、この３日間で学習した。
「……チッ」
　和希の舌打ちには、気づかなかったことにした。
「いただきます」
　琉聖さんがインターフォンを鳴らしたその30秒後、モヒカンの彼がウーロン茶を持ってきてくれる。
　琉聖さんを見て思い出したことがあった。
「琉聖さん、七海さんがよろしくって言ってました」
　七海さんが昼間、今日行けないことを残念がりながら、別れ際にあたしにそう託したこと。
　社交辞令として流しちゃいけない気がして。
「なんだそれ」
　やり取りを聞いていた大翔が、おかしそうに笑って入って来た。
「今日学校で七海さんに会って、琉聖さんによろしくって言われたから……」
　言われたままのことを言って、何かおかしかった？
「つうかよ、今日だって琉聖さんは七海さんを家まで送ってるんだぜ？」
　それは……知ってる。

ここへ来なくても、毎日送ってるって言ってたし。
「それって社交辞令だろ」
「優月も真面目だな。いちいち伝えてたらこれから毎日七海に言われるぜ？」
　烈さんも、呆れたように笑い出す。
「……いけなかったですか」
　そんな風に言わなくてもいいのに。
　少し気分が悪くなった。
　七海さんがあたしに、琉聖さんに対しての社交辞令を言う必要性なんか全くない。
　事情はわからないけど、一緒にいたくてもいられない。
　そんな淋しさから出た素直な言葉だと思って、あたしは伝えたのに。
　みんな冷たいな……。
　女心をまるで分かってない男達にため息を吐いたとき、横からポツリと声が聞こえた。
「優月、ありがとな」
　そう言って優しく笑った琉聖さんが、今日学校で見た七海さんの淋しそうな顔と重なった。

　そのまま今日も何をするでもなく、みんなで他愛もない話をして家に帰ったのは８時過ぎだった。
　今日は大翔のバイクの後ろに乗せてもらったけど、大翔は無駄に飛ばすから二度と後ろには乗りたくない。
　青い顔をして家の中に入ったあたしを見てゲラゲラ笑っ

ている大翔に、軽く殺意を覚えたくらい。
　確実に5年は寿命が縮まった。
　夕飯を終えてお風呂を済ませて部屋へ入ろうとすると。
　そのタイミングで、凌牙が自分の部屋から顔を覗かせた。
「いいか」
　きっと、あたしの足音が聞こえたんだろう。
　……部屋に来いってこと……？
　こんな風に呼ばれるのは初めてで、何があったのかと驚く。
　状況からして、あたしは凌牙の女になったんだと思う。
　だから、多分あたしの彼氏なんだろうけど、2人きりっていうシチュエーションにはまだ慣れない。
「髪、乾かしてからでいい……？」
　濡れたままだったからというのもそうだけど。
　この緊張を、少し鎮めたかったんだ。
「……3分な」
　凌牙は不機嫌そうにしながらも、少しの猶予をくれたあと扉を閉めた。
　急いで自分の部屋に入って、ドライヤーのコンセントを差す。
　6人がシェアしているこの家。
　洗面所を占領するわけにもいかないし、髪の毛は部屋で乾かしている。
　背中の真ん中らへんまで伸びた髪。
　これを乾かすのに3分じゃ到底足りない。

だったらせめて5分にしてもらえばよかったと思いながら、どうにか早く乾かないかと根元に向けてドライヤーを振りまくる。
　乾くのもそこそこにブラシで整え、鏡に映った自分の姿を見て唖然とした。
　黒のTシャツに天竺(てんじく)のハーフパンツという、ただの部屋着スタイル。
　化粧っ気のない、血色の悪い顔。
「ひどい顔……」
　これで、おそらく彼氏だと思われる人の部屋に行くのもどうかと思う。
　凌牙は、あたしに似合わないと言われて金髪を黒髪にまでしたのに。
　猶予をもらったくせに、こんな残念な姿で行ったら、凌牙はどう思うかな。
　だったら、あのまま凌牙の部屋に行ってた方がよかったのかもしれない。
　……あたし、何考えてるんだろう。
　凌牙に気に入られたいの？
　凌牙を意識してる……？
「……わかんないや……」
　そんなことをしている間にも、時間は過ぎていき。
　あたしはすべてを諦めて、ドキドキしながら凌牙の部屋に向かった。
「8分」

「……は？」
　部屋を開けた瞬間そんなことを言われ、なんのことか分からない。
「8分オーバーだ」
　相変わらず時間に厳しい凌牙は、時計を見ながら文句を言った。
　……はぁ……。
「凌牙って、男のくせにいちいち細かい」
　決して"たかが"とは言えない時間かもしれないけど、凌牙は少し神経質すぎるところがある。
　ルーズじゃないのは褒めるけど、ゆとりがないのもどうかな。
　かと思えば、あたし待ちで暴走を2時間半も平気で遅らせたりもする。
　やっぱり凌牙はよくわからない人だと思いながら、ゆっくり中へ足を踏み入れた。
「男とか女とか関係ないだろ」
　そう言う凌牙の意見はもっともで、言い直した。
「じゃあ……総長として」
　上に立つ立場なら特に。
　少しくらいルーズじゃないと、色々疲れるんじゃないかって。
「ほんとオマエって……」
　まだ何か言いたそうな凌牙だったけど。
「隣座れ」

それ以上は言う価値もないと思ったのか、自分が座っているソファの横を顎で示した。
「失礼……します」
　あたしが座ると、凌牙はテーブルの上のタバコに手を伸ばし、そこにはこの間も見た薬の袋もあった。
　病院からの、処方箋の薬のよう。
「……風邪でもひいてるの？」
「……あ？」
「それ……」
　あたしが薬の袋に目をやると。
「腹が痛えんだよ」
「……え？」
　暴走族の総長が、お腹が痛くなったらおかしいわけじゃないけど。
　なんかイメージに合わなくて。
　のみ込んだつもりだったのに、笑いそうになったのを見られてしまった。
「おい」
　凌牙はますます不機嫌さを表に出す。
「ごめん……」
　そのまま紫煙を雑に吐き出したあと、凌牙は面倒くさそうに声を出した。
「時間を守らねぇヤツは嫌いだ」
　今、間接的にあたし嫌いって言われた？
　確かに遅れたのはあたし。

でも、それは凌牙に芽生え始めた、よくわからないあやふやな感情に戸惑うせいで。
「……それは、髪の毛がなかなか乾かな……」
「言い訳するヤツも嫌いだ」
　……もう。
　救いようがないと思う。
　"おそらく彼氏"だと思う相手から、あからさまにこんなことを言われて気分がいいわけない。
　凌牙は、嫌いな女を彼女だと公言するつもり？
　無茶苦茶なのにもほどがある。
　あたしがどうしていいか困るじゃない。
　"措置"だから仕方ないにしても、あんまりだ。
「言い訳じゃなくて、今のは言い分なんだけど」
　釈然としなくて反論する。
　言い訳と言い分は、似ているようでまったく違うと思うから。
「どっちなんだよ」
「どっち……？」
　吐き捨てるように言った言葉の、何がどっちなのかわからないあたしに、ますます分からないことを言った。
「俺には横柄な口利くくせに、下っ端にビビってるって理解出来ねえ」
「なんの話？」
　飛び過ぎた話に首を傾げるあたしに。
「本部でのオマエだ」

紫煙と一緒に吐き出した言葉に、思い当たらない節はなくもないけど。
「借りてきた猫みたいにジッとして」
「…………」
「もっと堂々としてろよ」
「そんなこと言われても……困る……」
　正直、あんな大規模の暴走族に囲まれて、堂々となんて無理に決まってる。
「あんな沢山の男の人達の中で、あたしがどうして大きい態度取れるっていうの？　大翔や旬ならいいけど、琉聖さんや烈さんは先輩なわけだし」
　一緒に暮らしているテルさんだって、到底仲良くお喋りできる身分の人じゃない。
　そんな気持ちを微塵(みじん)も分かってくれない凌牙は、面白くなさそうに冷たく放つ。
「じゃあ俺にはいいのかよ」
　……結局は、そこなんだ。まだ根に持ってるの？
　灰雅の総長である自分に刃向かった奇特な女……って。
「あの時は、凌牙が総長だなんて知らなかったから……」
「だったら今もそう思えばいい。別に暴走族とか幹部とか、そういうのナシで普通に付き合えばいいだけの話だろ」
　凌牙は無茶苦茶だ。
　知ってるものを、知らないように振る舞えるわけない。
　第一、凌牙が総長だから、あたしを措置として彼女にしてるくせに……。

「とにかく。灰雅総長の女がそんなんで……」
　黙り込んだあたしに、話をまとめるように凌牙が腰を上げて見おろす。
「そんなんで？」
「……なんでもねぇ」
　いくら説明しても理解できないあたしに痺れを切らしたのか、またも続きを諦めた凌牙だったけど。
　あたしだって、分からないわけじゃない。
「恥ずかしいなら、別にいいのに」
「何が」
「それに、あたしのこと嫌いみたいだし」
「だから何が」
　さっきからあたし達、笑えるほどお互い話が噛み合ってない。
　相性が悪いんじゃないのかと本気で思う。
　そんな凌牙の女にしてもらっても、お互いメリットはないし、凌牙もこんな女を彼女だと言って楽しくもないでしょ。
「形だけなら、無理に本部に行かなくてもいい……」
　そんな風に思われてまで、行きたくない……。
　それとも、彼女は本部に顔を出さないと不自然なの？
　だから仕方なく連れていってるの？
「だったら」
　もう一度あたしの横に腰をおろした凌牙は何を思ったのか、タバコを持ちかえて空いた右手をあたしの肩に回して

くる。
「形だけじゃないならいいのか？」
　タバコの匂いが、凌牙のシャンプーの香りに消される。
　意味を分かって聞いてるの？
　てっきり来なくていいと言われると思っていたのに、軽々と予想を裏切られ、どうしていいかわからない。
　この顔に似合わないフローラルの香りにクラクラしながら、近づいてきた整った顔に耐えられなくて顔を背けた。
「こっち向けよ」
　それを許さない凌牙は、強引にあたしの頬を自分の方へ向かせる。
　また、タバコの匂いがした。
　最初に会った日に、突然キスされてから１週間。
　どれだけ手が早いのかと思っていた凌牙は、意外にもあたしの部屋にすら足を踏み入れて来ない。
　壁１枚隔てた隣で、無駄に緊張しているあたしがバカみたいだった。
　至近距離にある凌牙とあたしの顔。
　トクントクン。
　鼓動が速くなる。
　なんでだろう……。
　凌牙のことを考えると、胸の奥が狭くなるような痛みを感じて。
　なんで、こんなにドキドキするんだろう。
　人を好きになると、こんな風にドキドキするものなの？

あたし、凌牙のこと……。
ジッとあたしを見つめたまま動かない凌牙。
もしかして。
このまま、キス、されたりする……？
「な……に……」
その視線に耐えられなくて、あたしから言葉を発すると。
「話は終わりだ」
「え……？」
「寝るから出ていけ」
何、それ。
キスされるかも、なんて思った自分に急に恥ずかしさがこみあげて、体温が一気に上昇した。
だって、思うでしょ、普通。
不意打ちのキスをしてきたくらい。
女になるのに形だけじゃないならいいのかって聞かれて、ここまで体勢を整えられたら……。
……身構えてドキドキしてバカみたい。
そんなあたしの気持ちを知りもしないで。
あたしを離し、さっさとベッドに潜り込む凌牙を唖然と眺める。
結局、あたしは怒られるために呼ばれただけ？
格好がどうとか気にして遅れて、余計に怒られて。
何かを期待した自分が恥ずかしいというより、虚しい。
「なんだよ」
今にも文句を吐き出しそうなあたしを、凌牙が不服そう

に見る。
「……別に」
　髪なんて濡れたままでよかったじゃん。
　格好なんてどうだってよかったじゃん。
　……すると。
「あ、」
　そう言った凌牙が急にベッドから起き上がり。
「忘れてた」
　あたしの唇にキスをした。
　そして、すぐに離れる。
「……!?」
　……何、今の……。
　触れた感触を確かめるために、唇に指をあてる。
　一瞬すぎて、よくわからなかったけど。
　忘れてた……って……。
「もう行けよ」
　さっきよりも体温が倍くらいに上昇したあたしを置いて、再びベッドに潜り込む凌牙。
　本当に、何事もなかったかのように。
　されると思ったらしてこなくて。
　心の準備が解けたときにするなんて……。
　最初のキスは、ほとんど記憶にないし。
　今日のキスだって、何がなんだか分からなかった……。
　忘れてた、なんて。
　もしかしたら、凌牙も恥ずかしかったの……?

ううん。
　手慣れてそうだし、そんなことないか。
　目を瞑っても、相変わらず綺麗なその顔を眺める。
　髪の色が変わったせいか無防備な寝顔の印象も、どこか幼く感じた。
　今日は裸で寝ないんだ……。
　なんてどうでもいいことを考えていると。
　まだいるのかよ……とでも言いたそうに片目を開けた凌牙は、あたしに背を向けた。
　……キスの余韻なんて、あったもんじゃない。
　本当にされたのかだって、曖昧なくらいに。
　部屋を出ていく寸前、灯りを消すために、壁のスイッチを押す。
　今日は曇りで月も出ていないせいか、この部屋は暗闇に包まれた。
「おいっ！」
　その瞬間、ものすごい勢いで布団を剥ぐ音と凌牙の声が聞こえた。
　振り返ると、暗闇の中で２つの瞳があたしを睨んでいるのが分かる。
「何してんだよ」
「何って……今出ていくとこ……」
「ちげえよ」
　そう言われてもあたしは何かをした覚えはないし、ドアの前でうろたえるだけ。

「つけろよ」
「……え？」
「つけろっつってんだよ」
「あ、ああっ……」
　天井を指されて、灯りのことだと分かる。
　慌てて、今消したばかりのスイッチに手を伸ばした。
　明るくなった部屋の中には、ついさっき綺麗だと思ったばかりの顔が形を崩していた。
「そこ触んなよ」
　そう忠告すると再び凌牙はベッドに体を沈めた。
　だって、このまま眠るつもりなんでしょ？
　どう考えたってあたしが消した方がいいに決まってる。
　リモコンで操作するとか？
　でないと、次につけるときに困るから？
　神経質な凌牙のことだからあり得るかもしれないと思いしばらく待ってみたけど、凌牙が灯りを消す気配はない。
　まさか、つけっぱなしで寝るの……？
「もったいないじゃん」
　皮肉めいた言葉を口にしてみたけど、背中は動くこともなく、もちろん返答もなかった。

第5章

思わぬ再会

"人の噂も75日"っていうけど。

大翔と付き合っているの？っていう質問に、違うの一点張りを貫いていたら、75日どころか２週間も経たないうちに噂は消えていった。

それじゃあどういう関係なの？って聞かれたから、遠い親戚と答えておいた。

信じてるのかは分からないけど、それでも羨ましいと言われるのは変わらなかった。

放課後は、相変わらず飯田さんに倉庫に連れていかれる。

凌牙の女だというのは本部では周知のようで、あたしが行くと頭をさげられるのには全然慣れない。

それでも、ドリンクも申し訳ないと思いながらもひとりで頼めるようになったし、灰雅のメンバーとの会話にも自然と入っていけるようになった。

やっぱり七海さんが来るのはたまにで、その時の琉聖さんと七海さんはべったりでもないけど、あたしが見ている限り仲睦まじくて。

麗美さんと烈さんも相変わらずだし、和希があたしを気に入らないのも相変わらずだけど、大翔や旬が場を和ませてくれるから楽しい。

凌牙は、形がどうとか言っていた割にはどうする気もないらしく、本部にいてもあたしの隣に座ることもなければ、

話を振ってくることもない。
　それでも、誰もがあたしが来るのを当たり前に思い、いつもそろうのが早いジャン高組に『お帰り』と言ってもらえるのが心地よかった。
　決して、世間から認められる世界じゃないかもしれないけど。
　あたしは灰雅が自分の居場所なんだと、徐々に思い始めていた……。

　今日も学校が終わり、あたしは急いで昇降口へ向かう。
　それは。
　きっと、随分前から待っていてくれる飯田さんを待たせるのは申し訳ないから？
　あの居心地のいい空間に早く行きたいから？
　……凌牙に会いたいから？
　多分そのどれもが正解。
　上履きを脱ごうとしたときだった。
「森嶋さん」
　後ろから声を掛けられて振り向くと、そこには知らない女の子。
　体操着を着ていてこれから部活に出るんだと分かる。
　顔も見たことないし、おとなしそうな感じの子。
　ここ最近、大翔の件で名前も知らない子から話しかけられることが多かったから、特別驚くこともない。
「……あの、何か？」

またあの噂のこと……？
でも、どう見ても暴走族に興味がありそうな子じゃない。
「話があって、少し時間……いい？」
　何か特別な用でもあるのかとついていったのは、陸上部の部室。
　ここで、灰雅は関係ないと気づく。
　あたしの足の速さは体育祭で披露済みで、たまにこうして陸上部へ勧誘されることがあるから。
　きっとこの中には部長さんがいて、勧誘されると思い丁重に断る。
「ごめんなさい。あたし部活はやらないの」
　いつも面倒で断っていたけど、今のあたしにはそれこそ部活を出来ない理由があるから。
　そう言ったのに、聞く耳をもたない彼女は部室のドアを開けてあたしを中へ促した。
「お願いですから、少しだけ話を聞いてください」
　緊張しているのか、少し声が震えてる。
「どうぞ」
　……なんだろう……。
　目も合わせない彼女を不審に思いながらも、きっとこの子は嫌な用を遣わされただけ。
　この子の顔を立てるだけでも……と、開いたドアの中へ足を踏み入れた瞬間。
　――バタン。
　背後で扉が強く閉められた。

えっ!?
　慌ててドアノブをガチャガチャ動かしてみるけど、どうやら外では数人が押さえているようで全く動かない。
「ねぇ、開けてってば!」
　閉じ込められたんだと分かり、力いっぱい声を振り絞っていた時、聞きなれた声が室内から聞こえた。
「……優月」
　悪寒を感じて正面を向くと、そこにいたのは。
「奈央……っ!?」
　しばらく会っていない、双葉園の奈央だった。
「久しぶり。元気にしてた？」
「……っ」
「いきなりいなくなるんだもーん。淋しかったんだから」
　わざとらしく奈央が言うと、ゲラゲラ笑う声が聞こえた。
　奈央の後ろには、双葉園では彼女の取り巻きだった京子と由実がいて、あたしを見て笑っていた。
「……どうやって入ってきたの？」
　ここに奈央が現れるなんて。
　夢にも思っていなかった事態に声が震える。
　ジャン高の生徒が、堂々とここへ入って来れるなんて信じられない。
「あら、気づかない？」
　勝ち誇ったように言う奈央だけど、何が気づかないのかわからない。
　どうやって入って来たのだろうと悩むあたしに、奈央は

スカートをひらひらさせながら近づいて来る。
　いつもはだらしなく着崩している制服が、いつになく清楚(せいそ)に見えた。
　……そうか、分かった。
　彼女が着ているのが、楓の制服だったから。
「制服借りたんだよ」
　奈央が顎で廊下を示す。
　……外にいる子……？
　だから、さっきの子は体操着を着ていたんだ。
　３人とも楓の制服を着てるってことは、さっきドアを押さえていたのは最低でも３人いる。
　どうりで開かないわけだ。
　しかもおとなしそうな子を選んで。
　ああいうタイプの子は、強引に迫られたら断れないだろうし、口止めされればその通り黙っているだろう。
「何しに来たの」
　諦めて、あたしは尋ねた。
　もう会いたくなかったのに、こんなマネしてどうかしてるんじゃないの。
　用があるならさっさと言って、終わらせてほしいと奈央を睨んだけれど。
「アンタ、２度も双葉を捨てるんだ」
「……っ」
　核心をつくような問いかけに、返す言葉を失った。
　確かにあたしは双葉園を捨てた。

奈央達からのイジメや、祐介からの暴行に耐えられなかったんじゃない。
　もう耐えたくなかったんだ。
　目の前に差し伸べられた手が、温かいものなのかなんて考える余地もないくらいに。
「好きな時に出て、都合が悪くなったら戻って来られるようなとこじゃねーんだよっ！」
「うっ……」
　久々に入れられた蹴りは、忘れていた分ものすごく痛かった。
　そして……。
　それは出たくても出られない、奈央の心の叫びに聞こえて、微かに胸の痛みも覚えた。
　奈央はあたしと同じ３歳の頃に入園して、当たり前だけど一度も出たことはない。
　里親や養子に出されることもなく。
「なんとか言えよ！」
　入ったり出たりを繰り返すあたしとは違う。
　奈央から見たら、あたしはたまらなくムカつく人間に見えて当たり前だ。
「アンタにとって双葉はなんなんだよ！」
　……なんだったんだろう。
　少なくとも２度目に入ってからは、出ることだけを考えていた場所。
「双葉をバカにしてんの？」

答えを模索していたあたしに、いよいよ痺れを切らした奈央がいつものように髪を鷲掴みにした。
　すっかり忘れかけていた痛みに、以前のように太刀打ちできない。
　奈央の言うことはもっともかもしれないけど、それに屈するわけにいかない。
　心を冷静に保つ。
「……もう、戻らないから」
　はっきりと口にして、双葉園との決別を明確にした。
　凌牙に捨てられたとしても、もう双葉園には戻れない。
　……戻らない。
　行き場を失うリスクも背負って、あたしは彼らを選んだのだから。
　髪の毛を掴んでいた手が離された。
「ふうん。灰雅ってそんなに居心地いいんだ」
　鳴っていた雷が突然止んだかのような口調。
　サラッと出した本人は気づいてないだろうけど、その言葉はあたしの心臓を飛び上がらせるには容易かった。
　どうして灰雅にいることを、奈央が……？
「今日来たのは……ちょっと面白いことを耳にしてね」
　面白いという割には笑顔は一切なく、何を言われるのか息をのむ。
「アンタさ、灰雅のトップと付き合ってんだって？」
「……っ」
　情報の速さに驚いたけど。

動揺を悟られないように、黙ってその顔を見つめた。
　この質問に簡単に頷いちゃいけない。
　もしかしたら、カマを掛けられているだけかもしれない。
　奈央から灰雅の名前が出てきた時点で、裏に誰かが絡んでいると察したから。
　背後では、祐介が手引きしてる——？
「まあいいよ。とにかくアンタが灰雅と関わりがあることは分かってるから」
　黙っているあたしを予想通りと踏んだのか、答えも求めず淡々と先へ進める。
　試しているのかどうなのか、自信ありげに話す奈央の言葉を黙って聞く。
「アンタが家出した次の日、園長がアンタの荷物一式まとめて渡してたのを見たんだよ」
　……テルさんが行った時だ。
　決して間違ってない事実に、静かに話を聞いていたあたしだったけど。
　ついに、黙っていられなくなる言葉を奈央が発した。
「それがヤクザの遣いだったっていうじゃん。ま、昔から噂はあったからね。双葉はヤクザから支援を受けてるって」
　……今、なんて？
「うちの園て、黒い交友してるの？」
「やーだー、怖ーい」
　奈央はなんてことないような顔で言い、京子と由美は大袈裟に驚いて見せた。

あたしはたまらなくなって声をあげた。
「そんなワケないっ……」
　双葉園が"黒い交友"だなんて——。
　今あたしが、ヤクザという組織を否定するのもおかしな話かもしれない。
　だけど、自分の育った双葉園がまさか……という両極に気持ちが揺れて。
「その荷物、アンタは受け取ったんでしょ？　その人がヤクザ絡みじゃないなら、双葉の汚名を返上出来るけど？」
　この反論を待っていたのか、奈央はようやく試すように投げかけた。
「…………」
　何も言い返せない自分が悔しい。
　あたしは確かにテルさんから受け取った。
　柳迅会の、次期後継者の、凌牙の、側近の、テルさんから……。
　双葉園が……そんなの嘘に決まってる。
　ヤクザを否定すると、凌牙を否定するようで苦しい。
　だけど……。
　テルさんが双葉園に行ったのなんて、今回が初めてに決まってると思いたい自分がいる。
　それは、凌牙を否定することになるのかな。
　あたしは凌牙の"女"なのに……。
「突然出ていったアンタを捜索もしてないの。それが何よりの証拠じゃない？　家出したら通報するのがウチの慣例

でしょ？」
　奈央の言葉は、更にあたしを追い込んだ。
　何度となく園を飛び出した祐介を、いつも探して必ず見つけ出した園長。
　外泊の多い壱冴だって、見放されてるわけじゃない。
　そんな園長が、あたしを探さないわけない。
　テルさんが持ってきてくれたスマホには、園からの着信履歴が何件も残っていたのに、テルさんが園を訪れたあとからはパタリと着信も途絶えていた。
　やっぱりそれって……。
「アンタ、いくらで売られたんだろうね」
　奈央が怪しげな笑みを浮かべながら、恐ろしいことを言った。
　……え。
　京子と由美がニヤニヤしながら言う。
「あれから園の食事、結構豪勢じゃない？」
「職員の服装もちょっと派手になった気がするー」
「どうせならあたし達にお小遣い欲しいよね〜」
　あたしはお金と引き換えに……？
「……やめてよ」
　そんなわけない。凌牙がそこまでするわけない。
　たとえそれが気まぐれだとしても。
　あの夜、あたしに同情した凌牙に拾われただけ。
　灰雅にいることで身を守るために、凌牙の彼女という"措置"が取られた。

別に好きだと言われたわけでもない。
　そこに特別な感情なんてあるわけない。
　ましてや、あたしのためにお金を払うなんて……。
「アキ先輩が怒るのも無理ないわ」
　次に奈央がため息と一緒に出した言葉は、きっと独り言。
「アキ……？」
　だけど流せずに拾うと、不思議そうな目を向けられた。
「アンタが売られたのは勝手だけど、まさかアキ先輩を知らないとは言わせないよ。アンタがアイツの女なら尚更」
　話の流れからすると、アイツとはきっと凌牙を指す。
　凌牙の女だとは認めていないけど、そう言うからにはきっとあたしが無視出来ない話。
「アキ先輩……男？　女？」
　未だイメージ出来ない人物像を、どうにか形にしようとポツリと口にした。
「本当にアンタ、知らないわけ？」
　基本的なことを尋ねたあたしに、一瞬素の顔をした奈央だったけど。
　それが嘘じゃないと思ったのか、今度こそ本当に面白そうな顔を見せた。
「アキ先輩てのは、ジャンの３年で、灰雅のトップの彼女だった人」
「灰雅のトップ……？」
　それってまさか……。
「そう。今アンタが一緒にいる男だよ」

……凌牙……の？
「知らなかったわけじゃないでしょ。アキ先輩のこと」
　女。そして、凌牙の彼女だったと聞かされ愕然とする。
　……彼女くらいいるとは思ってたけど。
　今まで見ないふりをしていた影が形になって、隠したかった動揺もうまく隠せない。
「最近急に別れ話を切り出されたみたいで、ずっと荒れてんの」
　あたしの混乱は続く。
「元々アキ先輩とは、敵対してたからどうでもよかったんだけど」
　……敵対？
「一応影響力のある人だし、波風立てないように気を遣ったりして散々振り回されてホント最悪」
　……どういうこと？
「どれだけその男が好きだったか知らないけど、結局残ったのは憎悪だけって笑える」
　……全然意味が……。
「灰雅から、SPIRALに寝返るくらいだから」
　置いていかれる会話の中で、唯一分かる言葉があった。
「……SPIRAL……？」
　思わず口にして。ハッ、と顔を上げる。
　その名前なら何度となくあの家で聞いた。
　唯一灰雅に刃向かうチームで、卑劣な集団。
　あたしを守る必要のある、最大の原因となっている相手。

「その反応を見る限り、もう灰雅を知らないとは言わせないよ」
「もしかして奈央って……」
　結局は誘導されていただけなのかもしれないけど、そんなのはもうどうでもよかった。
　奈央がニヤリと笑って言った。
「あたしの彼氏が、SPIRALの人間なんだよ」
　……祐介じゃなかった。
　奈央は決して、双葉園に戻らないあたしを責め立てに来たんじゃない。
　灰雅のみんなが恐れていたのは、こういうことなんだ。
　いつ、どこで狙われるか分からない。
　だから守る必要がある、と。
　女子高にまで刺客を送ってくるなんて、凌牙も考えてなかったのだろう。
　あたしだって、学校では完全に油断してた。
　だけどSPIRALの手に掛かれば、安全だと思っていた学校さえ危険地帯にしてしまう。
　噂通り、手段を選ばない卑劣な集団……。
　SPIRALの恐ろしさを目の当たりにして、体が震えた。
「アキ先輩、アンタのこと探してるよ？」
「……っ」
「どうする？」
　フラフラと椅子に座ったあたしの顔を、奈央が下から覗き込む。

凌牙の元カノがあたしを探してる……？
　ゾッとした。
「それとも、まだトップの女じゃないってしらばっくれる？」
　奈央の机を弾く指が、規則正しくリズムを刻む。
　あたしの心を煽るように。
「いいの？　若菜がどうなっても」
　腕を組みながらニヤリと笑った奈央に、悪寒が走った。
　若菜って……。
「……若菜に何かしたの？」
『あたしも楓女学園に行きたいんだ。合格したら、制服お下がりくれる？』
　将来をしっかり見て、目を輝かせながらそんなことを言う若菜は、本当の妹みたいな存在だった。
　２歳の時、親に捨てられた若菜。
　自分の生い立ちに絶望することなく、純粋で真っ直ぐな若菜。
　若菜は何も関係ないのにっ……。
「何したって聞いてるの！」
「さあ……？」
「さあ……って、どういうこと！？」
「自分の目で確かめてみれば？」
　挑発的に放つ奈央に、更に体が強張った。
　双葉園を出て、唯一気がかりだったのは若菜。
　若菜からも着信が何件も残っていた。

だけど、どうしても連絡を取れなかった。
　あんな地獄みたいなところにいたくなくて、ただ自分のことだけを考えて逃げ出した。
　そんなあたしが、若菜になんて言えばいいの……って。
　若菜はあたしを連れてくる為のエサとして、拉致られたのかもしれない。
　始めから、これが狙いで。
　みんなに守られている限り、安全だったはずの生活は。
　奈央とSPIRALという思いもかけない接点によって、簡単に崩されるなんて。
　ごめんね。みんな。
　……凌牙。
　あんなに一生懸命、あたしを守ろうとしてくれたのに。
　"オマエがやられるってことは、灰雅の敗北を意味する。オマエがよくてもこっちはよくねえ"。
　凌牙の言葉が、鮮明に聞こえてくる。
　こんなに簡単SPIRALに捕まるなんて、あたしだって不本意だけど。
　……あたしは……若菜を見捨てられないよ……。
　ギュッと目をつぶって、みんなの顔を思い浮かべたあと。
「若菜の居場所はどこ」
　キッと奈央を見据えた。
「ついて来な」
　奈央は再びニヤリと笑い、体を翻した。

拉致

　楓の制服を着ている奈央達は、怪しまれることもなく堂々と校門まで抜けていく。
　右に曲がった奈央に反して左に曲がろうとしたら、腕を掴まれた。
「そっちじゃねえよ」
「待って。先に行かなきゃいけないところがあるの」
　逃げるとでも思われたのかついてきた奈央達と一緒に、飯田さんの待つ車の元へと向かう。
　いつもより時間が遅いからか、飯田さんは車の外で待っていた。
「どうしたのか心配しましたよ」
　あたしの姿を見つけると、飯田さんの方から歩み寄ってくる。
　遅くなったうえに後ろにゾロゾロと３人も従えていたから不審に思ったのかもしれない。
「遅くなって、すみません」
　まず謝ってから本題を告げた。
「あの……今日は本部に行かなくてもいいですか……」
　思った通り、飯田さんは怪訝な顔をする。
「こんにちは！　最近優月ってば付き合い悪くて。たまにはあたし達に貸してくれません？」
　あたしの腕を取りながら少し拗ねた口調で言う奈央に合

わせる。
「友達も大事なので、お願いします」
　校門に横付けすることを命じられていた飯田さんも、あたしが学校でいづらくないように、少し離れた場所に停めるなど臨機応変に対応してくれた。
　だから、あたしがなんとか訴えればきっと聞いてくれるはず。
　嘘がバレないように、奈央達と仲良しアピールをしながら飯田さんに懇願した。
「ですが、若の断りなしには」
　若……。凌牙のことかな。
　飯田さんは、少し困ったような表情であたしと奈央達を見比べる。
　疑っている様子はないけど、許可してくれそうにもない。
「あたしから凌牙には連絡を入れておきます。飯田さんにはご迷惑が掛からないようにしますから」
　若と呼ぶ飯田さんに敢えて凌牙という名前を出し、あたしと凌牙の間に信頼関係があることを強調した。
　……そんなもの、まだないくせに。
「……そうですか……」
　それが効いたのか、渋々だったけど飯田さんは頷いてくれた。
「じゃあ、これを渡しておきます」
　差し出されたのは、小さい布の袋。
「中には、家の鍵が入っています」

そうか。
　本部に行かないってことは、自力で帰るんだもんね。
　その時に家の鍵がないと困るし。
「すみません。ありがとうございます」
　お礼を言って受け取ると、飯田さんは踵を返した。
　心の中で100回くらい謝って、去っていく黒塗りの車を見送った。
　……後で凌牙に怒られるだろうな……。
　そう思いながら、鍵の入った袋を失くさないよう制服のポケットへしまう。
「呼び捨てかよ」
　奈央が吐き捨てる。
　凌牙のことを言ってるんだろうけど、無視して歩く。
　3人に包囲されながら向かった先は、校舎裏側の細い道。
　そこにはワゴン車が横付けされていた。
　あたし達の姿を見つけると、数人の男たちが降りて来る。
「……っ」
　お腹を1発殴られ、そのまま車に押し込められると。
　すぐに目隠しをされ、方向感覚を失った。
　奈央達はどうやら車には乗っていないようで、男の声しかしない。
「灰雅もまだまだ甘いな。こんな簡単に捕まえられるなんて思わなかったぜ」
「これって俺らの手柄になんのか？」
「奈央じゃね？」

「マジかよー？　澤城さんにアピるには絶好のチャンスなのにな」
「今日は澤城さん関係ないだろ」
　澤城って、SPIRALの総長……？
　話の内容からして、SPIRALの溜まり場に連れて行かれるんじゃないかと薄々思い、恐怖を感じる。
　……アキって人と話をするんじゃないの？
　……若菜は……？
　奈央の話はいったいどこまでが本当なんだろう。
　のこのこついて来たけど、もしかしたら騙されているんじゃ……。
　ジッとしたまま動かないあたしは、会話を聞いていると思われたのか。
「この女、全部聞いてるから気をつけろ」
　誰かがそう言い。
　そこから車が目的地に着くまで、男達はもう会話をしなかった。
　ただ体が揺れるだけで、どのくらい進んだのかもわからない。
　時間にしたら、10分……いや、15分くらいだったかもしれない。
「降りろ」
　そう言われて乱暴に車から降ろされると、油やゴムの焼けた匂いが鼻を突いた。
　金属のこすれる音もする。

両腕を掴まれながらどこかへ連れていかれ、途端に体がひんやりしたのを感じれば、やっぱりここはどこかの倉庫なんだろう。
　灰雅の倉庫にいる時と、感覚が似ているから。
　椅子のようなものに座らされ、両手を後ろで縛られた後目隠しが解かれた。
　ゆっくり目だけを動かして辺りの様子を探る。
　思った通りここは倉庫のようで、だだっ広い空間。
　周りには男達がうじゃうじゃいて、獲物を狙うかのようにそろって鋭い視線をしている。
　明らかに灰雅より柄が悪く、初めて会った日に凌牙達に絡んできた男達と大して変わらない。
　暴走族なんて毎日見て慣れていたはずなのに、ゾクリと身震いした。
　それでも虚勢を張ろうと歯を食いしばって耐えていると、あたしの前にひとりの女が現れた。
「凌牙の新しい女って、アンタ？」
　……この人が、アキ……？
「全然大したことない。なんかムカつく」
　いきなり暴言を吐く彼女は、モデルのようにバランスの取れた長い手足を持つ小顔の美女。
　大人の色気まで持ち合わせている彼女は、同じ高校生だとは到底思えない。
　それは、本当に凌牙には彼女がいたんだと落ち込むあたしを、更にどん底に突き落とした。

「どうやって凌牙を手なずけたの？」
「……知らない」
　手なずけた覚えなんてない。
　いきなりそういうことになっていただけ。
　正確には、そうさせられただけ。
　凌牙の"想い"なんて伴ってないんだから。
「はあ？　人の男横取りしときながらそれはないんじゃない？」
　そんな……。
　言いがかりにもほどがある彼女に、言葉を失う。
「アンタ双葉の人間なんだってね」
　あたしの素性は、全て知っているようだ。
「情で訴えたわけ？」
「…………」
「それとも泣き落とし？」
「…………」
「弱みでも握ったの？」
　知らないと言っているのにしつこいアキは、繰り返し疑問符を投げかける。
「それとも昔から凌牙を知ってたの？　あんなとこにいれば、凌牙を知ってても不思議はないか。柳迅会がなきゃ、成り立ってないところなんだから」
　……あんなところ。
　アキが見下したように言ったのは、きっと双葉園のこと。
　柳迅会と双葉園が関係していることをアキにまで示唆さ

れて、もうそれどころじゃない。
　元々パニックな頭が、余計パニックになる。
「ジャンに在籍してる双葉の人間が、肩身の狭い思いをしないのはなんでか知ってる？」
「……え？」
「凌牙が統率を図ってるからよ！」
「……っ」
　すべては奈央のデマカセという、ほんの少しの期待も打ち破られた瞬間だった。
　あの日。
　あたしの家が双葉園だと知った時の車内の反応。
　降ろすことなく、双葉園まであたしを送ってくれた凌牙。
　地獄の双葉園からあたしを救い出してくれた凌牙。
　それは……。あたしが双葉園の人間だったから……？
　目の前が真っ白になる。
「なんて言って泣きついたか知らないけど、結局アンタも同情されてんのよ！」
「……っ」
「でなきゃ、アンタなんてあり得ない！」
　決定的なアキの言葉は、天井に甲高く響いた。
　凌牙の女の趣味がアキなら、あたしなんて本当にあり得ないと思う。
　凌牙はあたしを好きじゃない。ただの"措置"。
　そう開き直ればいいのに、アキに負けたくないと思うあたしは、やっぱり凌牙が好きなんだ……。

措置に加えて、同情だって知ったのに。
　自分の気持ちを、アキに気づかされるなんて……。
「似合わないって言われて、あの凌牙が言うこと聞いたらしいじゃない」
　悔しそうに言ったアキは、キッ……っと、あたしを睨みつける。
「あたしは好きだったのに、あの金髪」
　……ああ。髪のことか。
　正直あたしももったいないと思っていた現在黒い凌牙の髪は、まだ元に戻っていない。
「なんとか言ったらどうなの？　ふざけた態度取ってて痛い目に遭うのはこの子だから」
　両手を後ろで縛られた若菜が、数人の男達に連れられて出てきた。
「若菜っ！」
「……優月ちゃん……」
　懐かしく、その泣き出しそうな声に胸がギュッと鷲掴みにされる。
　こんな暴走族の巣屈（そうくつ）。……怖かったよね……。
　憔悴（しょうすい）しきった顔には、涙の筋がいくつも見えた。
「この子は関係ないです。もう、ここにあたしが来たんだから、それでいいじゃないですか。早く離してあげてください」
　これだけは黙っていられない。
　なるべく冷静さを欠かないよう、口にした。

あたしのせいで若菜が恐怖にさらされているなんて、耐えられなくて。
　　……ひとりで逃げ出した……あたしなんかのために。
「美しい家族愛？　……ま、偽物だけどね」
　　そう言って笑うアキは、若菜のお腹めがけて１発蹴りを入れた。
「若菜っ!!!」
　　立ち上がろうとしたけど、体が椅子にくくりつけられていて立つことさえ出来ない。
「もっとも、アンタには家族愛なんてものもなかったみたいだけど。この子を置いて自分だけ逃げ出したんだから」
「……っ」
　　反論できない自分が悔しい。
　　決して間違ってないから。
「それに、この子連れて来たの誰だと思う？」
　　もったいぶったように言うアキに違和感を覚えたけど。
　　奈央でしょ……、そう言いかけて、そこに現れた人物に目を疑った。
「……祐……介？」
　　ジャン高に通ってるし、可能性はなくもなかったけど。
　　祐介もSPIRALの一員だったなんて。
「オマエが逃げたせいで、ストレスたまってんだよ」
　　──パンッ……！
　　汚い手であたしの頬に触れた後、激しく平手打ちした。
「裏切り者が!!」

若菜の目が見られなかった。
　……そう、あたしは裏切り者。
「この間は邪魔が入ったからな。あんときの続きを楽しもうぜ?」
　ニヤニヤしながらあたしを舐めまわすように見る祐介は、もう狂ってる。
「……っ」
　凌牙達と一緒にいれば、いつか消えるかもしれないと思ってたあの忌まわしい記憶が蘇る。
　でも、凌牙が双葉園に関係してるなんて聞いて。
　全身の力が抜けた。
　後ろ手に縛られたロープを解こうとする祐介の姿に、もうどうでもいいような気になったけど。
「だったら若菜は解放して。祐介にもプライドはないの?」
　祐介にだけ聞こえる音量で囁いた。
　家族も同然の若菜を人質にするなんて。
　少しは同じ双葉園の人間としてのプライドを、こんな男にも持ってほしかった。
「……チェッ……分かったよ」
　舌打ちしながらも、アッサリ了承した祐介が顔を上げたとき——。
　ギイィィィ——……。
　背後で、耳が割れるような音がした。
「……んだぁっ!?」
　祐介は、眉をしかめながらあたしの肩越しに覗く。

それはさっき扉が閉まった時と同じ音で、再び扉が開いたんだと感じている間に、差し込んでくる光。
　動く首だけをなんとか後ろ側へやると。
　息をのむような光景が広がっていた。
　逆光のせいで影しか見えないけど、数人の人の形と、その奥にある無数のバイク。
　近づいて来る影が、輪郭(りんかく)をはっきり映し出す。
　それは……もう見慣れた灰雅のメンバーだった。
　どうしてここが……？
　幻(まぼろし)を見ているのかと思った。
「ふざけたことしてんじゃねえぞおっっっ!!!!」
　先頭を切って入ってくるのは烈さん。
　この人が本気を出したら死人が出るんじゃないかと思えるような、気迫と形相。
　顔だけで威嚇できると思った第一印象は、間違ってなかった。
　そして、集会のときに支部のメンバーを締めあげていた姿なんて、まだ可愛いものとさえ思えた旬の殺気。
「……っおらぁぁ!!!!」
　いつものおちゃらけキャラが嘘のように豹(ひょう)変した大翔も、続いて向かってくる。
　そして琉聖さん。
　そのあとからは、幹部以下のメンバーも。
　この光景に、まだ頭がついていけないけど、助かったんだというのだけは分かって。

一気に体中の力が抜けていく。
「澤城はどこ行きやがった!!」
　怒号のように烈さんが呼んだ名前は、さっき車の中で聞いたおそらくSPIRALの総長。
　結局、澤城という人間がどこにいたのかはわからない。
　呆然としているあたしの周りで人々が入り乱れる中、アキがどこかへ逃げていく。
「アキッ！」
　そう叫んだ声に耳がハッと反応を示すと、それはやっぱり凌牙の声だったようで。
　倉庫の奥へ消えたアキを、追いかけていった凌牙の背中が見えた。
　……凌牙。
　凌牙が助けに来てくれた事実と、否定できない２人の関係に胸が鈍く痛む。
「優月ちゃんこっち！」
　そうしている間にもいつの間にかあたしを縛っていたロープは解かれていて、旬に引きずられるように外へ出された。
　同様に若菜も。
　外へ出る寸前、一度後ろを振り返った。
　鉄パイプを振り回す男を相手に、あたしのために灰雅のメンバーが立ち向かっていく現実。
　初めてみんなと会った日のことを思えば、その力の強さなんて想像つくけど。

どれだけ自分の身が危険なところに晒されていたのかを今頃痛感して、フラッと足元が崩れた。
「大丈夫っ!?」
　崩れ落ちる体を、旬が支えるように抱きとめてくれる。
「旬、どうしてここがっ……」
　震える声で尋ねたあたしに、逆に旬が問う。
「運転手から何か渡されなかったか？」
　飯田さんから……。
「あっ」
　思い出して、制服のポケットから取り出したのは鍵だと渡された袋。
「これだ。中にGPSが入ってんだ」
　旬が中を開けると、入っていたのは家の鍵じゃなくて。
「GPS……？」
「運転手も何か気づいたんだろうな」
「……嘘……」
　飯田さんには、あたしの嘘が見抜かれてたんだ……。
「何かあった時のためだ。凌牙もそれくらい考えてる」
　その言葉に、胸が疼いた。
　飯田さんの行為は、凌牙の行為。
　……近くにいなくても、守ろうとしてくれた。
　でもその凌牙には、アキという彼女がいて。
　あたしを女にするためにアキと別れた。
　だけど、分かんないよ。
　ただの〝措置〟なら、わざわざアキと別れなくてもいい

のに。
　そしたらこんなことだって……。
　今頃凌牙は、アキと……？
　中からは相変わらず、殴り合う音や罵声が聞こえていた。
　抗争には加わらないのかと思っていたテルさんまでもが、返り血を浴びながらひとりの男を殴り続けている。
　相手もやり返そうと手を出すけど、力の差は歴然だ。
　いつもは紳士に振る舞っているヤクザの男は、暴走族なんかよりもずっと強いことを知る。
「見ない方がいい」
　そんな光景を見て固まっているあたしに、カーテンを下ろすように立ちふさがったのは琉聖さん。
　もう何人か片づけて来たのか。
　少し切れる息であたし達を車へと促した。
　それは飯田さんの運転する車で、あたしは合わせる顔がないながらも「ありがとうございました」そう言って乗り込んだ。
「無事でよかったです」
　飯田さんは冷静に言うけど、あたし以外の人が無事かどうかわからないのに頷けない。
　SPIRALの連中は鉄パイプを持っていたし、死人が出たらどうしようと気が気じゃない。
　暴力はダメ……だけど、目には目を、歯には歯を……。
　あたしは唇を噛みしめた。
　車には、大翔が付き添い本部へ向かう。

あたしもまだ震えが止まらないけど、気がかりなのは若菜の方。
「若菜……ごめんね……」
　真っ青な顔で泣きじゃくる若菜の頭を、膝の上に乗せて背中をさすった。
　あたしみたいに気も強くない、おとなしい若菜にとってその恐怖は想像を絶する。
　あたしを連れてくるために人質として若菜をさらったSPIRALが、憎くてたまらない。
「あそこにいた人達、ほとんどみんなジャン高の制服を着てたけど……」
　ふと、思い出したことを大翔に向かって口にする。
「ああ。SPIRALの８割はジャンのヤツ等だから」
「……っ!?」
　助手席から振り返って平然と答える大翔に、驚きが隠せなかった。
　SPIRALが、ジャン高を基盤に成り立ってるなんて。
　だから奈央や祐介も……。
「……じゃあ、同じ学校に敵対する２つのチームがあるってこと？」
　だって、大翔達は灰雅に属してる。
　大翔はもっと驚くことを言った。
「２つだけじゃないよ。大抵のヤツはどこかの族に所属してる。名前だけみたいなヤツもいるけど、それでもどこかに属してないと、ジャンでは生きてけねえみたいなとこが

あんだよ」
「そうなんだ……」
　それでも、なんだか腑に落ちなかった。
「同じ暴走族でも、ここまで違うものなの？　灰雅とSPIRALじゃ、雰囲気も随分違うように思えて……」
「確かにそうだな。こう言っちゃなんだけど、SPIRALは女さらおうが薬やろうがカツアゲしようが構わない。ルールなんてないから、遊び半分で入るには入りやすいチームなんだよ」
「……怖い」
「まあな」
　灰雅は、意味なく暴れたりしない規律の厳しい族だと以前聞いた。
　それなら、２つの暴走族が両極端なのも理解できた。
　灰雅とSPIRALじゃ、根底にある信念が全く違うんだと。
「灰雅は、いい暴走族なんだね」
「いいっつっても、しょせん暴走族だけどな、ハハハ。褒められることしてると思わねえけど、だからって白い目で見られるようなことは……暴走くらいか？」
「……暴走族って、みんな一般人にも危害を及ぼす集団だと思ってたから」
　正直なことを口にすると大翔が笑う。
「まあ、SPIRALみたいな族もあるから、一概(いちがい)にどうとかは言えないけどな。てか、今の灰雅は、特に裏が絡んでるし。暴走でもあんま無茶やらかしてそっちに迷惑かける事

態になっても困るんだよ」
「裏……？」
「柳迅会だよ」
　そう言われて、灰雅と柳迅会と双葉園の妙な三角関係を思い出した。
　まだどこかで信じたくない思いがある。
　奈央の話もアキの話も、色んなこととの辻褄が合ってるけど。
　ちゃんと自分の耳で聞くまでは……。
「……ねえ。双葉園と柳迅会って、何か関係があるの？」
　思い切って聞くと、大翔の背中がピクリと動いた。
「どうしてそんなこと聞くの？」
　前を向いたままだから表情は分からないけど、その質問はタブーだったようで。
　ハッキリと動揺を感じ取った。
　……やっぱり、そうなんだ……。
「この子を拉致してあたしを呼んだ人……アキって人がそう言ってたから」
　大翔にとってもアキはよく知る人物のはず。
　凌牙を取り巻く微妙な関係に、なんとなく声が小さくなったのに反して。
「アキ!?　アキさんがその子をさらったの!?」
　ものすごい形相で大翔が振り返った。
　そんなに意外なこと……？
「う、うん……」

「どうして？」
　……どうしてって言われても。
　アキも少し前までは灰雅の人間として本部に出入りしてたんだろうから、出来ればそこは察してもらいたい。
　あたしとアキの複雑な共通点を。
　凌牙の"女"……っていう……。
「あの、凌牙を横取りされたとかなんとかで……SPIRALに寝返ったとか……」
　だけど"どうして？"を繰り返しそうな大翔に、諦めて口を割った。
「ああ、そっか。アキさんも分かってくれたと思ってたのに。随分と根が深かったんだな……」
　その割には随分とアッサリ理解して、苦い顔をした。
「背が異様に高い銀髪の男がいなかったか？」
　続けて妙なことを尋ねる。
「銀髪……」
「ソイツがSPIRALの総長なんだ」
「澤城って人？」
「ソイツソイツ！　見たんだな」
　確信したように言う大翔に、あたしは首を横に振った。
「多分……いなかったと思う」
　周りにいた男達は、どれも似たり寄ったりな不良達で、アキにも逆らえない感じだった。
　とてもじゃないけど、幹部とか総長という地位の人じゃないのは素人目にも分かる。

凌牙や琉聖さん、その他灰雅の幹部と呼ばれる人達とは、まるで風格が違ったから。
「いなかった？」
「うん。ただ車で連れていかれる時に誰かが澤城さんがどうのこうのって話を聞いただけ。だけど今回は関係ないとかなんとかって……」
　朦朧と聞いていた会話を伝えると。
「そうか、なるほどな」
　ひとりで何かを納得した大翔は、どこかへ電話をかける。
　あたしの質問なんてどこかへやられて、何やら真剣な顔して話し始め、それ以上聞くことが出来なかった。

信じられるキス

　結局あたしと大翔との話はそこで中断されたまま、車は本部へと着いた。
　留守番で数人残っている程度の倉庫内はいつもと空気が違いガランとしていて、なんだか不気味に感じた。
「ここに座らせてあげて」
　大翔が案内したのは、いつもの幹部部屋ではなくて、1階にある談話スペース。
　あたしもここの方がいいと思い、そこにあるソファへ若菜の体を沈めた。
「もう心配しなくて大丈夫。ここは安全だから」
「だって、ここ……」
　それでもさっきと同じような空間。
　変わらず怯えた目のまま、あたしにしがみついてくる。
　若菜の恐怖はまだ続いているみたいだった。
「うん。でも、ここは絶対に安全だから、大丈夫」
　震える体をしっかり抱きとめた。
「ここ……どこなの」
　メンバーの人が出してくれた温かいミルクティーにも手を付けずに。
　安全というあたしの言葉に安心する気配もなく、そう聞いてくる若菜の不安は当たり前かもしれない。
「何か、変なことに巻き込まれてるんじゃないよね!?」

小声ながらも、堰を切ったように話し出す。
若菜が目を向けた先には、明らかに若菜が"普通"じゃないと感じる容姿の男の子達。
「ねぇ……優月ちゃん今どこにいるの？　突然いなくなっちゃって、すごく心配してたの」
「……ごめん」
「園長先生に聞いても教えてくれないし。……なんで……探してる感じもしなかったから……」
言いにくそうに目を背けた若菜に、さっきの奈央の言葉を思い出す。
"あたしを捜索していない"
それは本当なんだ。
「あたしに協力出来ることがあるならなんでも言って？　あたし……毎日優月ちゃんの帰りを待ってるんだよ？」
……胸がズキズキと痛む。
「ここの人達にも脅されてるの？」
あたしの瞳を見つめながら、一生懸命訴えかける若菜の目が見れなかった。
巻き込まれたんじゃないから。
言えるわけない。……あたしが、望んだなんて……。
この数日間、新しい環境を楽しいと感じ、自分の居場所を見つけたとさえ思っていた。
こうしてあたしを心配してくれていた人がいるかもしれないなんて、微塵も思わずに。
「ごめん……若菜」

若菜は何も悪くないのに。
　あたしを慕ってくれていた若菜だからこそ、巻き込まれたのに……。
　ザワザワと倉庫の入口がうるさくなってきた。
　この短時間で100人規模の布陣(ふじん)を組んだ灰雅は、当然のことながらあっという間にSPIRALを抑え込んだらしく。
　そんな彼らが本部へと戻って来たのだ。
　力の差はまざまざと見せつけられた。
　それでも殴り合った結果、ケガをした人達も沢山いる。
　この場はあっという間に戦場の跡地へと変わった。
　いつだったか大翔や旬があたしにしてくれたように、手当てが施されていく。
「……優月ちゃん……」
　そんな光景を目の当たりにした若菜の体が、再び震え出した。
「心配しなくて大丈夫だよ……ここにいるみんなは悪い人達じゃないから」
　言っても説得力に欠けるのは分かってる。
「……でも……暴走族でしょ……？」
　……ほらね。
　あたしの後に続いて楓女学園に入りたいと言っていた若菜に、暴走族なんて無縁な世界。
　高校を無事に卒業して、立派に社会へ巣立っていく子。
　……あたしだって思ってた。暴走族とは、なんの目的もなくただ反社会的行為を繰り返す自己中心的な悪の集団だ

……って。
「ねぇ優月ちゃん、こんなところにいないで……一緒に帰ろうよ」
　泣きそうな表情を浮かべながらあたしの腕を掴むその手は、まだ震えてる。
　若菜の言ってることは正論。普通の頭で考えればそう。
　でも今は違う。
　暴走族は……少なくとも凌牙達のいるここは。
　あたしに光を与えてくれる場所だ……って……。
「怖い思いさせてごめん……だけど……帰れない」
「どうしてっ……」
「……あそこにいたって地獄なの」
「……優月ちゃん……」
　今度は若菜が俯いた。
　若菜は、あたしが双葉園で受けている制裁の数々を知ってるから。
　だけど本当は。
「……帰りたくないの」
「……え？」
「あたしがいたくて、ここにいるの……っ」
「だからってなんでこんなとこにっ!?」
　若菜が激しくあたしにしがみついたとき。
　ざわついていた倉庫内の空気が、一瞬にして変わった。
　見ると、座っていた人達が一斉に立ち上がっている。
　異変を感じ取ったあたし達も、引き寄せられるように入

口へ首を振ると。
　……凌牙だ。
　倉庫の入口に横付けされた車から降りてきたところで。
　隣にはテルさんも……。
「……誰？」
　状況が読めてない若菜が、あたしの後ろに身を隠して袖をギュッと掴んだ。
「……ここの……トップ……」
　相変わらず涼しげで綺麗な顔には傷ひとつない。
　それでも、首から下には返り血を浴びているというその対比した姿が、凌牙の圧倒的な強さを物語る。
　苛立っているのか違うのか。
　凌牙の表情からは感情が読み取れない。
　ゆっくりと歩幅を変えずに、行く手が広がる通路を我が者顔で突き進む。
　凌牙の視界に、あたしは入ってる……？
　気持ち顔を斜めに下げながら固唾をのみ、あたしの前を過ぎ去るのを待つ。
　──と。
「来い」
　確かにそう聞こえた。
　ハッと顔を上げたときには、凌牙はもうそのまま幹部部屋へと続く階段をのぼっているところで。
　……今のは、あたしに……？
　表情は読み取れなくても、その背中はひどく冷たく感じ

られて。
「優月ちゃん、行った方がいい」
　旬も、それはあたしへの呼びかけだと気づいたらしく。
「……若菜、ちょっとごめんね」
　しっかり掴まれていた若菜の手を、優しく外した。
「えっ、優月ちゃん!?」
　ますます青ざめる若菜の顔。
「あの人すっごい怒ってるんじゃない？　行ったら何されるかっ……」
「大丈夫だから」
　大丈夫なんかじゃないし。行きたくないのは山々だけど。
　それに逆らっちゃいけない何かを頭が理解して。
　あたしは、そのあとを追うしかなかった。
　凌牙が過ぎ去ったフロアは、傷の手当てを再開する人達でまたざわつき出した。
　なのに、あたしだけはまだ緊張が続いている。
　その緊張は拷問レベル……。
　心臓なんて口から飛び出そうだし、許されるなら気絶したい。
　あの背中に、どれだけの怒りを秘めていたんだろう。
　そんなふうに階段をのぼりながらも、置き去りにしてきた若菜が心配になって目を向けると、大翔や旬が一生懸命世話を焼いているのが見えた。
「あれ……」
　のぼりきってその場を見渡すと、いるはずの凌牙がいな

くて。
　首を傾げたあたしの目に映ったのは、突き当たりにいるテルさん。
「優月、こっちだ」
　テルさんが指さすのは、以前からこの奥には何があるんだろうと疑問に思っていたステンレス製の扉。
　この中に凌牙が……？
　言われたまま足を進めると、あたしが通過するタイミングで、テルさんが扉に手を掛けた。
「大丈夫か？」
「はい……？」
「死にそうな顔してるぞ」
　自分が想像するよりも、あたしは今ひどい顔をしてるみたい。
　だからといって逃れられるわけでもなく、無言で扉を押したテルさんを恨めしく見上げる。
　諦めて無言のまま足を踏み入れると、そこには案外広い空間が広がっていた。
　……こんなに奥深くまで、部屋が続いてたんだ。
　ここは、倉庫で唯一区切られた空間。
　ベッドにソファにテレビまであり、コンクリートや剥き出しの鉄筋さえ気にならなければ生活だって出来そう。
　あの家じゃなくても、ここにちょうどいい場所があったんじゃない。
　そんなことをぼんやりと考えていると。

「弁解があるならまず聞いてやる」
　部屋の中央にあるソファに腰をおろしていた凌牙が、あたしの顔も見ずにそう言った。
　その顔はどう見ても弁解を聞いてくれるような顔じゃないけど、そう言うならとりあえず弁解してみようと思う。
　それでも申し訳ないと思ってるから、小さい声になる。
「だって、妹みたいに大切に思ってる子が人質にとられてるなんて聞いて、黙って見過ごすわけにはいかなくて──」
「連絡くらい入れられるだろうが！」
　──バンッ!!!
　激しくテーブルが音を立てた。
　……結局そうじゃない。
　弁解なんてさせてくれないくせに。
　分かりきっていたことだけど、軽く落胆する。
「……連絡したら行くなって言うでしょ」
　アキ……が絡んでるなら尚更。
「オマエじゃなくて俺らが行くだろうが。ヘタな嘘つきやがって」
　凌牙は落ち着かない様子で立ち上がり、その勢いのままあたしに歩み寄る。
「澤城がいたら、マジどうなってたか分かんねえんだぞ！」
　ほのかに甘い香りを放つ凌牙が、あたしにグッと迫った。
　凌牙の怒りには、どんな意味が込められているんだろう。
　勝手な行動を取ったから？
　SPIRALに、あたしという弱みを見せたから？

それとも。
　あたしを心配してくれて……？
「んな簡単にさらわれてくれて。俺の女にした意味がねえし、守ってる意味もなくなる」
　……そんなわけ、ないか。
　灰雅のためってことくらい分かってたはずだけど。
「……ごめん……なさい」
　──意味がない。
　謝りながらも、そんなどうでもいい言葉だけを耳が大きく拾って、ぐるぐる回る。
「オマエが──」
「──失敗したと思ってるでしょ」
　凌牙の言葉も聞こえず、あたしは落胆のままに言葉を出した。
「あ？」
　こんなはずじゃなかったのかもしれない。
　あたしは灰雅と対立している、SPIRALのメンバーとも関わりを持っている。
　あたしは知らなかったけど、結果、そうだった。
　凌牙にすれば、厄介極まりない女。
「……あ？」
　凌牙の眉間の皺が深くなる。
「ちゃんと……話してくれてればっ……！」
　だけど、今日の発端はすべて凌牙のせいだ。
「意味がわかんねえ」

分かんないならはっきり言ってあげる。
「アキって人のこと……」
　キスされてドキドキしたり。
　措置だって知らずに舞い上がったり。
　あたし、バカみたい……。
　れっきとした、彼女がいたくせに。
「関係ねえだろ」
　……なのに、まだそんなこと言って……。
「関係ないわけないでしょ！　彼女がいたなら、あたしなんて囲ったりしないよ！　何も知らなかったおかげでこんな目に遭ったの。若菜だって……」
「別にそんなんじゃねえ」
「そんなんじゃ、って……」
「彼女でもなんでもねえ」
「そんなわけない、向こうはそうは思ってない！」
「向こうがどう思ってるかなんて知らねえ。ここに連れて来たこともねえ。それが俺の答えだ」
「……え……？」
　思いも掛けない言葉に、勢いづいていたあたしの言葉は途中で途切れた。
「余計なことは耳に入れんな。俺の女はオマエだ。俺の言葉だけ信じとけ」
　そんなことを冷たく言う凌牙に。
「……信じ……られないよ」
　あたしは顔を背けた。

突然こんな世界に足を突っ込んで。
　トップだという男の女になれって言われて。
　敵対するチームにさらわれて。
　元カノだっていう女まで現れて。
「信じられるものがないなら、なんてキスして……そんなもので、あたしが凌牙を信じられると思ってるの？」
　きっとキスなんて、凌牙には大した意味もなかったはずなのに。
「凌牙に会うたびにドキドキして、バカみたいっ……」
　……っ。
　ハッとして口を噤む。
　……あたし、余計なこと口走った……。
「ドキドキしたのか？」
　やだ、どうしよう。
「なんでオマエがドキドキすんだ」
　凌牙が冷たい表情のまま、あたしを見つめる。
　凌牙が、好きだから……。
　こんなにドキドキするの。
　……だけど。
　凌牙は本気で好きになったらいけない人。
　いけないんだ……。
　自分にそう言い聞かせて、視線をずらすけど。
「なあ」
　低い声で言われ、逸らした顔を指先で掴まれてクイッと正面に向けられる。

触れられた部分が熱い。
「……っ。狙われないために女にするのは凌牙の勝手だけど、あたしの気持ちまで弄ばないでよっ……」
　その気がないなら、せめて気持ちだけは持っていかないで……。
　生まれたての気持ちを押し殺すように、静かに言葉を落とした。
「違ったらいいのか？」
「え……？」
「好きだからキスしたっつったら、信用すんのか？」
　とうとう凌牙は頭がおかしくなったの？
「だ、だって……テルさんも措置だって言ってたし、好きとかそんなの……」
「女にするのに措置なんて言ってねえ」
「……？」
「車で送迎すんのが措置だって言ったんだ」
　……確かに。
　揚げ足を取るように言った和希の言葉を、凌牙やテルさんの言った"措置"と勝手に繋げたのはあたしだ。
「俺も同じなんだよ」
　同じって……。
「ドキドキすんだよ」
「……っ」
「オマエといると」
　胸をギュッと掴まれるような言葉に、涙が溢れそうに

なった。
「……けどっ……だ、だって、あたし達出会ったばっかりでっ……」
　それでもまだ素直にその言葉を受け入れられないのは、もっと確かな"何か"が欲しいから……。
「オマエだってドキドキすんだろ」
　……するよ。
「ちゃんと聞いてろよ」
　……うん。
「1回しか言わねえから」
　……何。
「オマエが好きなんだよ」
　……えっ……。
「……離したくねえんだ」
　流れるように出された言葉に、呼吸の仕方が分からなくなった。
「あっ、あたしはっ……」
　好きだって、言っていいの……？
　……だけど。
「分かんないよ……っ」
　人に愛されたこともないあたしが、本当に人を好きになれるの？
　この気持ちだって、まだっ……。
「オマエの気持ち、今から確かめてやるから」
　そう言った凌牙は。

「……んっ……」
　あたしにキスを落とした。
　唇が触れてる数秒間、頭が真っ白だった。
　そのまま抱きしめられたあたしは、凌牙の胸元にすっぽり収まっていて。
　……なんでこんなことになってるのか分からない。
　凌牙が、あたしを好き？
　なんで、どうして。
　……いつ……そんなことになったの……？
「ドキドキしてるか？」
「……っ」
「してんのかよ」
「……ドキドキ……なんてものじゃない……」
　3回目にして、初めてちゃんと感じた凌牙の唇。
　頭は真っ白だし、心臓なんて口から飛び出そう。
　今まで生きてきて、例えようのない、くすぐったくなるような胸の高鳴り……。
「フッ……」
　凌牙が小さく笑う。
「だったら、黙って俺に守られとけ」
　至近距離で囁かれた甘い言葉に、もっともっと体温が上昇していく。
「とにかく、無事でよかった」
　ため息のように吐き出したそれは、心からの言葉に聞こえて。さっきよりもきつくあたしを抱きしめた。

凌牙があたしにこうしてくれる意味は。
　普通の男女間に生まれる恋愛感情だと思っていいの？
　本当に、凌牙があたしを好きだって信じていいの……？
「今度勝手に動いたらぶっ殺すからな」
「……凌牙はあたしを殺したいの？　助けたいの？」
「そこかよ。反応するところ」
　呆れたように小さく笑った凌牙は。
「いいから黙ってキスされてろ」
　ソファの上にあたしの体を倒し、さっきよりも激しいキスを注いだ。
　凌牙の唇は首元へ下がり、肌の上を滑っていく。
　じんわりと、体中が熱に侵されていくような不思議な気持ちになる。
　それでも抵抗することもなく、されるがままになっているのは。
「……好き、凌牙……」
　あたしの中の答えを、凌牙が表に導いてくれたから。
　好きだと言ってくれた凌牙と、あたしは同じ気持ちだから……。
　頭を押さえられ、触れる唇は少し強引だけど。
　それがこんなに心地いいのは。
「……ああ」
　キスの合間に、吐息交じりにそう答えてくれる凌牙と。
　……同じ気持ちだからかもしれない。
　凌牙には、まだまだ聞かなきゃいけないことが沢山ある。

双葉園と柳迅会との関係や。
凌牙がどう関係してるのかとか。
だけど。
過去のこととか、明日のことを考える前に。
今だけは……。
今だけは幸せに満ちた心を、静かに凌牙に預けさせて。
あたしは凌牙に身を任せたまま、そっと瞳を閉じた。

《2巻につづく》

作・ゆいっと

栃木県在住。自分の読みたいお話を書くのがモットー。愛猫と戯れることが日々の癒し。単行本版『恋結び～キミのいる世界に生まれて～』にて書籍化デビュー。その後、『それはきっと、君に恋をする奇跡。』など多数の作品が書籍化されている。（すべてスターツ出版刊）現在は、ケータイ小説サイト「野いちご」にて活動中。

絵・奈院ゆりえ（ないんゆりえ）

6月12日生まれ、福岡県出身。趣味は映画鑑賞とカフェ巡り。代表作に「お嬢と東雲①～③」（フレックスコミックス）、「今からあなたを脅迫します」原作／藤石波矢（講談社）など。noicomiにて『狼くんにたべられそうです！』（原作『狼彼氏×天然彼女』ばにぃ／著）をコミカライズ。

ファンレターのあて先

♥

〒104-0031
東京都中央区京橋1-3-1
八重洲口大栄ビル7F

スターツ出版（株）書籍編集部 気付

ゆいっと 先生

この物語はフィクションです。
実在の人物、団体等とは一切関係がありません。
一部、喫煙に関する表記がありますが、
未成年の喫煙は法律で禁止されています。

KEITAI SHOUSETSU BUNKO
野いちご SINCE 2009

至上最強の総長は私を愛しすぎている。①
~DARK NIGHT~
2019年6月25日　初版第1刷発行

著　者	ゆいっと
	©Yuitto 2019
発行人	松島滋
デザイン	カバー　金子歩未（TAUPES）
	フォーマット　黒門ビリー＆フラミンゴスタジオ
ＤＴＰ	朝日メディアインターナショナル株式会社
編　集	本間理央
発行所	スターツ出版株式会社
	〒104-0031　東京都中央区京橋1-3-1　八重洲口大栄ビル7F
	出版マーケティンググループ　TEL03-6202-0386
	（ご注文等に関するお問い合わせ）
	https://starts-pub.jp/
印刷所	共同印刷株式会社
	Printed in Japan

乱丁・落丁などの不良品はお取り替えいたします。上記出版マーケティンググループまでお問い合わせください。
本書を無断で複写することは、著作権法により禁じられています。
定価はカバーに記載されています。

ISBN 978-4-8137-0707-3　C0193

ケータイ小説文庫　2019年6月発売

『至上最強の総長は私を愛しすぎている。①』ゆいっと・著

高校生の優月は幼い頃に両親を亡くし、児童養護施設「双葉園」で暮らしていた。ある日、かつての親友からの命令で盗みを働くことになってしまった優月。警察につかまりそうになったところに現れたのは、なんと最強暴走族「灰雅」のメンバーで…？　人気作家の族ラブ・第1弾！

ISBN978-4-8137-0707-3
定価:本体580円+税

ピンクレーベル

『お前を好きになって何年だと思ってる？』Moonstone・著

高校生の美愛と冬夜は幼なじみ。茶道家元跡継ぎでサッカー部エース、成績優秀のイケメン・冬夜は美愛に片思い。彼女に近づく男子を陰で追い払い、10年以上見守ってきた。でも超天然のお嬢様の美愛には気づかれず。そんな美愛がある日、他の男子に告白されて…。じれったい恋に胸キュン！

ISBN978-4-8137-0706-6
定価:本体600円+税

ピンクレーベル

『もう一度、俺を好きになってよ。』綴季・著

恋に奥手だった由優は憧れの由緒と結ばれ、甘い日々過ごしている。自信がなくて不安な気持ちでいた由優を由緒は優しく包み込んでくれて…。クリスマスのイベント、バレンタイン、誕生日…。ふたりの甘い思い出はどんどん増えていく。『恋する心は"あなた"限定』待望の新装版。

ISBN978-4-8137-0708-0
定価:本体610円+税

ピンクレーベル

『いつか、眠りにつく日』いぬじゅん・著

修学旅行の途中で命を落としてしまった高2の蛍。彼女の前に"案内人"のクロが現れ、この世に残した未練を3つ解消しないと成仏できないと告げる。蛍は、未練のひとつが5年間片想い中の蓮への告白だと気づくけど、どうしても彼に想いが伝えられない。蛍の決心の先にあった、切ない秘密とは…!?

ISBN978-4-8137-0709-7
定価:本体540円+税

ブルーレーベル

ケータイ小説文庫　2019年5月発売

『新装版　好きって気づけよ。』天瀬ふゆ・著

モテ男の凪と天然美少女の心愛は、友達以上恋人未満の幼なじみ。想いを伝えようとする凪に、鈍感な心愛は気づかない。ある日、イケメン転校生の栗原が心愛に迫り、凪は不安になる。一方、凪に好きな子がいると勘違いした心愛はショックを受け…。じれ甘全開の人気作が、新装版として登場！

ISBN978-4-8137-0685-4
定価:本体590円+税

ピンクレーベル

『学年一の爽やか王子にひたすら可愛がられてます』雨乃めこ・著

クラスでも目立たない存在の高校2年生の静音の前に、突然現れたのは、イケメンな爽やか王子様の柊くん。みんなの人気者なのに、静音とふたりだけになると、なぜか強引なオオカミくんに変身！「間接キスじゃないキス、しちゃうかも」…なんて。甘すぎる言葉に静音のドキドキが止まらない!?

ISBN978-4-8137-0683-0
定価:本体590円+税

ピンクレーベル

『ルームメイトの狼くん、ホントは溺愛症候群。』＊あいら＊・著

高2の日奈子は期間限定で、全寮制の男子高に通う双子の兄・日奈太の身代わりをすることに。1週間とはいえ、男装生活には危険がいっぱい。早速、同室のイケメン・嶺にバレてしまい大ピンチ！でも、バラされるどころか、日奈子の危機をいつも助けてくれて…？　溺愛120%の恋シリーズ第4弾♡

ISBN978-4-8137-0684-7
定価:本体590円+税

ピンクレーベル

『新装版　逢いたい…キミに。』白いゆき・著

遠距離恋愛中の彼女がいるクラスメイト・大輔を好きになった高1の葉月。学校を辞めて彼女のもとへと去った大輔を忘れられない葉月に、ある日、大輔から1通のメールが届き…。すれ違いを繰り返した2人を待っていたのは!?　驚きの結末に誰もが涙した…感動のヒット作が新装版として復刊！

ISBN978-4-8137-0686-1
定価:本体570円+税

ブルーレーベル

ケータイ小説文庫　2019年7月発売

『至上最強の総長は私を愛しすぎている。②』 ゆいっと・著

最強暴走族『灰雅』総長・凌牙の彼女になった優月は、クールな凌牙の甘い一面にドキドキする毎日。灰雅のメンバーにも打ち解けて、楽しい日々を過ごしていた。そんな中、凌牙と和希に関する哀しい秘密が明らかになり、そして自分の姉も何か知っているようで…。PV1億超の人気作・第2弾！

ISBN978-4-8137-0724-0
予価：本体500円+税

ピンクレーベル

『にがくてあまい。(仮)』 結季ななせ・著

ひまりは、高校生になってから冷たくなったイケメン幼なじみの光希から突き放される毎日。それなのに光希は、ひまりが困っていると助けてくれたり、他の男子が近づくと不機嫌な様子を見せたりする。彼がひまりに冷たいのには理由があって…。不器用なふたりの、じれじれピュアラブストーリー！

ISBN978-4-8137-0725-7
予価：本体500円+税

ピンクレーベル

『年上幼なじみの過保護な愛が止まらない。』 *あいら*・著

高校1年生の藍は、3才年上の幼なじみ・宗壱がずっと前から大好き。ずっとアピールしているけど、大人なイケメン大学生の宗壱は藍を子供扱いするばかり。実は宗壱も藍に恋しているのに、明かせない事情があって……？　焦れ焦れ両片想いにキュンキュン♡　溺愛120%の恋シリーズ第5弾！

ISBN978-4-8137-0726-4
予価：本体500円+税

ピンクレーベル

『BRAVE ～冷え切った唇～ (仮)』 nako.・著

母子家庭の寂しさを夜遊びで紛らわせていた高2の彩羽は、ある日、暴走族の総長・蘭と出会う。蘭を一途に想う彩羽。一方の蘭は、彩羽に惹かれているはずなのに、なぜか彼女を冷たく突き放し…。心に闇を抱える2人が、すれ違い、傷つきながらも本物の愛に辿りつくまでを描いた感動のラブストーリー。

ISBN978-4-8137-0727-1
予価：本体500円+税

ブルーレーベル

書店店頭にご希望の本がない場合は、
書店にてご注文いただけます。